Annegret Winkel-Schmelz

Briefe in den Himmel

Gewidmet meinen Kindern.

Annegret Winkel-Schmelz
- Briefe in den Himmel -

2. Auflage (28. April 2025)
ISBN 978-3-96692-106-0
©2023
Verlag & Gestaltung:
Stockwärter Verlag, Erhard-Hübener-Str. 4, 06132 Halle (Saale), Bernd
Stockmann
Druck: Libri Plureos GmbH, Friedensallee 273, 22763 Hamburg
Titelfoto: Kristin Rös
Farbfoto: Petra Taubert

Dem Leben Chancen geben

Wer den Kopf gesenkt hält, kann die Sterne am Himmel nur in der Pfütze sehen. Dieser Satz von Annegret Winkel-Schmelz steht symbolisch für ihre Briefe und Gedanken in den Himmel. Sie erschuf dafür eine Kunstfigur, die über Juliane schreibt.

Juliane ist angehalten, sich von Menschen zu verabschieden, deren teilweise plötzlicher Tod es ihr unmöglich machte, im Leben gemeinsame Erlebnisse zu besprechen. Ihre Sterne spiegeln sich hoffnungsvoll in der Pfütze.

Juliane schreibt über sich selbst erzählend in der dritten Person. Dadurch bringt sie die für sie notwendige Distanz zwischen sich und das Geschehen. Weiterhin reflektiert sie in den Gedanken und Briefen ihr Leben. So entstehen Bilder von Menschen, Persönlichkeiten werden sichtbar.

Aber Juliane ruft vor dem Hintergrund ihrer erlebten Widrigkeiten ebenso düstere Szenarien auf. Gleichzeitig ist es ihr möglich, die Verstorbenen auch mit deren Lebensgeschichten zu sehen.

Die amerikanische Autorin und Psychologin Susan Forward formuliert: „Wenn sie optimistisch über die Zukunft schreiben, beginnen sie, positive Bilder zu sehen." Aus ihren Büchern konnte die Autorin viel für ihre eigene Biografiearbeit entnehmen.

Ich darf die Autorin seit viereinhalb Jahren psychotherapeutisch begleiten. Dabei erkenne ich sie als Menschen mit vielen kreativen Ressourcen, welche sie geschickt und leidenschaftlich in den verschiedensten Lebensrollen einzusetzen weiß.

Die Texte stehen auf eine sehr berührende und bemerkenswerte Art und Weise für den jahrelangen therapeutischen Prozess, in welchen sich Annegret Winkel-Schmelz begeben hat und den sie fortführen wird.

Briefe und Gedanken in den Himmel können Anregungen vermitteln, um aussichtslos erscheinende Lebenssituationen doch überwinden zu können. Das kann bedeuten, hoffnungsvoll in die Pfütze zu sehen oder den Kopf zu heben.

Gitta Klotzbach

Gedanken in den Himmel für Ilse Willer, leibliche Mutter

I

Juliane saß am Tisch, einen Kaffee vor sich, und blätterte in Fotoalben. Aus ihrer frühen Kindheit gibt es kaum ein Foto, auf dem ihr beide gemeinsam drauf seid. Sie fragte sich: Mama, wo warst du?

Juliane hatte dich selten vermisst. Denn was man nicht kennt, kann man nicht vermissen. Als du aus ihrem Leben gefallen bist, wie eine überreife Frucht, war sie sieben Jahre alt.

innen und außen

hat sich in sich
eingehängt
nun baumelt ihre seele
gehalten
lose und doch
fest im griff
bleibt sie
im mantel der leuchte
abgeschirmt
vom draußen

Julianes Erinnerungen an dich sind zwiespältig wie die zwei Hälften des Apfels von Schneewittchen. Einerseits hast du mit ihr Murmeln gespielt, Quarkspeise gemacht und Eierkuchen gebacken. Andererseits hast du sie mit der Bratpfanne auf den Hintern und dem Kochlöffel auf den Kopf gehauen und mit den Worten angeschrien: „Du blöde Missgeburt und Schlampe!" Juliane wusste kaum, was diese Worte bedeuteten, doch hat sie sie auch gefürchtet wie ein plötzliches Heidegewitter, dem sie schutzlos ausgeliefert war. Sie brüllte um ihr Leben wie ein angeschossenes Tier.

II

Deine unvermittelt auftretenden Wutausbrüche gaben dem Mädchen das Gefühl, schuld zu sein. Das hatte es inzwischen verinnerlicht. Juliane wollte lieb und brav sein und konnte sich nicht erklären, wieso ihr Verhalten jähzornige Gewalt bei dir auslöste. Das verwirrte sie völlig.

Als Juliane fünf Jahre alt war und du wie so oft betrunken, hast du sie mit dem Feuerhaken und dem Teppichklopfer durch die Wohnung gehetzt. Es blieb dem Mädchen nichts anderes, als durch die Eingangstür zu entwischen. An diesem Tag kam die Kleine nicht freiwillig nachhause zurück. Ein Suchtrupp fand deine Tochter nass und frierend am Bahndamm in ihrer *Bude*. Dort spielte sie normalerweise mit anderen Kindern *Vater, Mutter, Kind*. Sie war die Mutter: Helfend zu anderen. Sie hielt die *Bude* in

Ordnung, machte sauber, kochte, gab den Ton an. Nie mit Gewalt.

III

Juliane machte es traurig, dass sie dich nicht in deinen jüngeren Jahren kennengelernt hatte, als du auf deinen späteren Mann, Roman Willer getroffen warst. Ihr seid euch beim Theaterspielen zum ersten Mal begegnet. Dass er dich junge Frau toll fand, konnte Juliane gut verstehen. Schlank, kurze, schwarze Haare, bildschön. Als fröhlichen, lebenslustigen und humorvollen Menschen mit einem Hang zum Geschichtenschreiben erlebte er dich.

Im Nachlass fand Juliane eine heitere, frivole Sommergeschichte von dir. Sie heißt *„Wenn es mein Hund erlaubt"*. Dabei lag ein Schreiben. Du hattest die Geschichte nach Berlin zum Begutachten geschickt. Von dort kam die Antwort: „Diese Geschichte entspricht keinesfalls unserer sozialistischen Moral und dem

Anstand. Man merkt doch sehr, dass die Schreiberin nur ein billiges Flittchen ist." Wie sehr muss dich das getroffen haben. Mit einem entsprechenden Lektorat würde die Geschichte heute gedruckt werden.

Juliane hatte eine Verwandte, die Cousine ihres Vaters, die dich noch von früher kannte, über dich befragt. Diese erzählte ihr: „Ilse hatte schon als junge Frau schwere Brüche zu verkraften. Sie war keine starke Frau, aber eine ganz Liebe."

Im Krieg warst du verschüttet, traumatisiert. Als du neunzehn Jahre alt warst, starb dein erstes Kind, ein kleiner Junge im Alter von nur einem Jahr. Du hattest keine Milch für ihn. Kein Einzelschicksal im eiskalten Hungerwinter Neunzehnhundertsiebenundvierzig. Juliane wusste nicht einmal seinen Namen. Sie fragte sich: „Mama, welches Horrorgeschehen musstest du erleiden!? Ein Kind zu verlieren, ist das Schlimmste für eine Mutter." Du hast Juliane so leid getan.

IV

Du warst neununddreißig Jahre alt bei Julianes Geburt. Da bestimmte schon der Alkohol dein Leben. Eine Lebensleistung von dir bestand darin, dass du während der Schwangerschaft nicht getrunken hattest. Damit hast du deinem zweiten Kind Gesundheit geschenkt. Doch der Alkohol, das tägliche, regelmäßige Trinken machten dich zu einer blassen, dümmlichen Person. Anders, ganz anders als der Mensch, in den Roman sich damals verliebt hatte.

Juliane ging gern in den Kindergarten. Sie erinnerte sich an die Sportfeste, bei denen sie Urkunden bekam. Besonders im Weitwerfen mit einem kleinen Ball war sie gut und gewann die Wettkämpfe. Mittags mussten die Kinder auf Pritschen schlafen. Dabei wurden die Fenster weit geöffnet. Im Sommer schliefen die Kinder abenteuerlicherweise draußen. Sie wurden bei Hitze mit dem Schlauch abgespritzt. Im Winter gingen die Kinder rodeln. Auf dem Rückweg gab es beim Bäcker ein frisches Brötchen für jeden. Auch ans Theaterspielen erinnerte sich Juliane. Ein Stück hieß *„Der zerbrochene Krug"*. Ihr selbst passierte das Missgeschick. Sie zerbrach, weil der ihr heruntergefallen war, den Krug. Du solltest den Krug bezahlen. Doch es fehlte dir das Geld. Du hattest Schulden gemacht.

Während der Kindergartenzeit hattest du Juliane öfter nicht abgeholt. An solchen Tagen nahm die Erzieherin das kleine Mädchen mit zu sich nachhause. Sie wäre verpflichtet gewesen, das Jugendamt zu informieren. Stattdessen rief sie Julianes Vater an: „Herr Willer, Ihre Tochter ist heute leider nicht abgeholt worden! Wann können Sie bei mir sein? Ich habe sie mit nachhause genommen, damit sie nicht ins Heim kommt." Vater sagte: „Eine Stunde dauert es noch. Ich nehme den nächsten Zug."

Er arbeitete in der Bezirksstadt. Die Familie wohnte weit draußen in der kleinen Kreisstadt. An solchen Abenden kam Juliane viel zu spät zur Ruhe. Das Verhalten von dir prägte sich ein wie Aprilwetter. Unberechenbar, unzuverlässig, täglich wechselnd. Mal blauer Himmel, mal Sonnenschein. Am nächsten Tag Sturmgewitter und Prasselregen.

V

Ihr Vater verwöhnte Juliane, als könnte er dadurch etwas wiedergutmachen. Die große Zuckertüte am Einschulungstag war schwer. Sie dachte, es wären lauter Wackersteine drin. Juliane schleppte sie mühsam nachhause und freute sich riesig. Sie tanzte durch ihr Zimmer, machte einen kleinen Hüpfer und klatschte in die Hände. Denn oben schaute eine kleine Puppe heraus. Ihr erzählte sie ihren ganzen Kinderkummer. Schluchzte: „Mami, warum haust du mich immer so sehr? Das tut furchtbar weh!" Die Puppe hörte geduldig zu, trocknete Tränen wie bei einer richtigen Mutti.

Von jetzt an war Juliane ein Schlüsselkind. Sie hatte den Wohnungsschlüssel, damit sie nach dem Hort um sechzehn Uhr nicht vor der Tür stand.

Woher Juliane die Kraft nahm, in der Schule fast alles Einsen zu bringen, wusste sie nicht. Im Klassenraum fühlte sie sich sicher - wie in einer Festung. Ihre Klassenleiterin hielt engen Kontakt zum Vater. Er engagierte sich im Elternaktiv und erfüllte seiner Tochter Wünsche: Zum Fasching in der zweiten Klasse wollte Juliane eine Prinzessin sein, mit einer richtigen Krone auf dem Kopf. Vater ging extra zum Kostümverleih des Theaters und holte ihr das Kleid. Juliane fand das stark. So viel Aufwand und Mühe wegen ihr!

VI

In der unbeaufsichtigten Zeit, am Nachmittag, spielte das Mädchen mit den Jungs aus ihrer Klasse, den Rabauken. In der Nähe hinterm Haus gab es das *„Kleine Wäldchen"*. Dort versteckten sie sich im Unterholz und rauchten Zigaretten. Juliane machte es ihnen nach. Diesen Geruch kannte sie von dir. Sie konnte dir nah sein.

Was die Alkoholkrankheit aus einem Menschen machen kann, erlebte Juliane jahrelang. Als sich ihr Vater scheiden ließ und du ausgezogen warst, atmete sie erleichtert auf. Vater beantragte das Sorgerecht für sie. Juliane sah dich nur noch selten. Ab ihrem zehnten Lebensjahr gab es keinen Kontakt mehr.

Julianes Vater hatte eine neue Familie gegründet. Dort wurde kein Wort über dich gesprochen.

Eines Tages, Juliane war inzwischen zwanzig Jahre alt, kam ihr Vater in die Bibliothek, ihrer Arbeitsstelle. Er fragte, ob sie mit zur Beerdigung von dir kommt. Juliane lehnte ab: Keine Beziehung, Erinnerungen schienen gelöscht.

Erst viel später kam ihr in den Sinn, dass sie dich noch hätte finden können. Ab dem achtzehnten Lebensjahr von ihr wäre eine Suche möglich gewesen. Eine verpasste Lebenschance.

VII

Im Jahr Zweitausendundzwei, Juliane war inzwischen achtunddreißig Jahre, fuhr sie gemeinsam mit ihrer Sozialarbeiterin zum Friedhof in die Kreisstadt. Die junge Frau legte Blumen auf irgendein Grab. Sie weinte Tränen wie aus Gießkannen. Eine kurzzeitige, düstere Trauer legte sich auf ihr Gemüt wie schwarze, schwere Wolken am Himmel. Doch das Gewitter blieb aus. Die Traurigkeit legte sich bald.

Juliane hatte ihren inneren Frieden gefunden, als stände sie an einem See, dessen Wellen sich sanft ans Ufer drückten.

Brief in den Himmel an Roman Willer, Vater

I

Feierabend. Juliane hatte es sich auf dem Sofa gemütlich gemacht. Die Beine hochgelegt. Sie stopfte sich zwei Kissen in den Rücken. Dann stellte sie den Fernseher an. Doch ihr fehlten die innere Ruhe und Konzentration, um sich auf den laufenden Film einlassen zu können. Denn eigene Gedanken sprangen ihr dazwischen, als würden Steine übers Wasser hüpfen.

,Vater. Oh, je! Wo anfangen, wo aufhören? Alles ungeordnet, unsortiert. Womit beginnen?'

Juliane schloss die Augen. Bilder nahmen Gestalt an, als würden sie lebendig werden. Eigentlich wollte Juliane mir alles erzählen. Doch sie kam immer wieder durcheinander. Sie würde es schreiben, versprach sie mir. Sie holte Stift und Papier und setzte sich an den Schreibtisch. Dann floss es aus ihr heraus, als ob eine Talsperre übergelaufen wäre. Es gab kein Halten mehr.

nachdem du verstorben warst,
hatte sie fünf jahre keine tränen.
als diese dann doch kamen
wollten sie kaum versiegen.
schmerz fühlte sie in ihrer brust,
heftig tickend, als wäre auch ihre zeit
schon abgelaufen.
niemals hätte sie gedacht,
dass sie um einen menschen so weinen kann.

II

Juliane schrieb ihren ersten Text, indem sie sich an dich erinnerte. Bruchstücke aus ihrer Kindheit kamen ihr ungeordnet, wie Gedankenfetzen, ins Bewusstsein:

Erinnerungen

Ihr beide seid im Regen gegangen und habt Kastanien und Eicheln gesammelt, um gemeinsam daraus Tiere zu basteln.
Ihr habt wieder im Regen gestanden, als in Merseburg das Lenin-Denkmal eingeweiht wurde.

Ihr habt im Schloss den Raben angesehen und seid auf den Turm gestiegen, um die alte Stadt zu überblicken.

Weihnachten war schön: Ihr schmücktet den Baum, und du schenktest deiner Tochter wieder ein Märchenbuch zum Vorlesen.

Du brachtest Juliane in den Kindergarten. Sie hatte ihre Puppe vergessen. Ihr wart zurückgelaufen, um sie zu holen.

In der Buchhandlung konnte Juliane Schreibmaschine üben und beim Verkaufen mithelfen.

Einmal fiel Silvester das Mittagessen aus, und das Mädchen durfte in der Eisdiele so viel Eis essen, wie es wollte.

Im Sommer seid ihr beide mit dem Kanu vom Ruderklub auf der Saale gefahren und wart im Waldbad zum Schwimmen.

Juliane und du, ihr machtet in Bad Schmiedeberg Urlaub. Du schenktest ihr das erste Fahrrad.

Juliane hatte Angina und DU pflegtest sie gesund.

Als du von ihr gingst, verdunkelten tiefschwarze Schatten ihr Leben, als würde sich ein Schleier auf sie legen - lange.

III

In Julianes Bücherschrank steht heute noch ein Buch, das sie seit damals aufgehoben hat. Dieses Buch fand Juliane einundzwanzig Jahre nach deinem Tod im Nachlass deiner verstorbenen zweiten Ehefrau Marlies. „Mutterliebe" heißt es. Darin befindet sich eine Widmung von dir an deine damalige Frau Ilse.

„Ich danke dir für den glücklichsten Tag in meinem Leben."

Juliane fielen auch alle erhalten gebliebenen Briefe ihrer Mutter Ilse an dich aus den Anfängen bis Mitte der Fünfzigerjahre in die Hände. Sie las, und weinte:

„Mein Liebster, wieder beginnt eine Woche ohne dich. Ich will doch fleißig jeden Tag schreiben, damit du weißt, wie sehr ich an dich denke. Ich rieche noch deinen Duft im Zimmer. Nächsten Freitag gehe ich zum Friseur, damit ich wieder hübsch für dich bin..." Kaum ein Brief von Ilse, in dem sie kein naiv gereimtes Gedicht beifügte. Eins lautete:

„Ich warte jeden Tag auf Post von dir,
denn wenn du schreibst, dann bin ich froh.
Und bist du auch weit weg von mir:
In Gedanken küsse ich dich so. "

Du hattest in fast jedem Brief gezeichnet, Roman.

Du hast damals in Rostock gearbeitet, um den Aufbau des Volksbuchhandels dort voranzubringen. In den Stasi-Akten von dir sind alle verzweifelten Bemühungen dokumentiert, um für dich und Ilse in Rostock eine Wohnung zu erhalten. Es gab keinen Weg. Der wichtigste Grund für dich, um zurückzukehren. Ab Neunzehnhundertsiebenundfünfzig übernahmst du die größte Buchhandlung des Bezirkes als Leiter. Erst, als du Neunzehnhundertsiebenundachtzig in Rente gingst, gabst du die Leitung der Buchhandlung ab.

IV

Juliane erinnerte sich an die zweijährige Zeit, in der du mit ihr allein gelebt hattest. Viele glückliche Momente kamen ihr in den Sinn. Aber auch Verstörendes:

Du hast ihr am Abendbrottisch von deinen Kriegserlebnissen erzählt. Sie fragte dich bang und leise: „Musstest du auf Menschen schießen?"

„Nein, ich war Kompaniemelder. Das bedeutete, dass ich mich nah an die Front, die feindliche Linie, herangeschlichen hatte. Dann sprach ich mit dem Kompaniechef, damit er festlegen konnte, wie die Truppe kämpfen musste."

Du sahst deine siebenjährige Tochter an: „Ich erlebte, wie mein bester Freund im Schützengraben von einer Granate zerfetzt wurde. Ich bekam nur ein paar Splitter ab."

Juliane konnte nicht weiteressen. Sie stellte sich alles vor. Ihr war schlecht. Ein Würgereiz breitete sich in ihrem Hals aus. „Glaube mir, mein Kind, Krieg ist das Schlimmste. Lieber ein

Leben lang trocken Brot essen, als so etwas noch einmal erleben zu müssen."

Juliane hatte dir wie eine Erwachsene zugehört. Es war die Zeit Anfang der Siebzigerjahre, des Vietnamkrieges. Schon wieder ein Krieg. Sie lief in den Häusern treppauf, treppab, um Unterschriften dagegen zu sammeln. Jeden Montag musste sie in der Schule eine Dokumentation vorlegen. Polit-Information. Deshalb schnitt sie mit dir am Sonntagnachmittag Zeitungsausschnitte aus.

V

Am fünfzigsten Geburtstag von dir saß Juliane als Achtjährige zwischen vier rauchenden und trinkenden Männern wie ein Fremdkörper. Eine Situation, in der sie sich nicht wohlfühlte. Sie ekelte sich vor dem Alkohol. Vater rauchte sonst nicht in der Wohnung. Juliane konnte kaum atmen.

Onkel Werner nahm sie in den Schwitzkasten, um zu zeigen, wie ein Boxer seinen Gegner besiegte. In dem Moment lernte Juliane schweigen. Sie verinnerlichte: Es ist in Ordnung, wenn so mit ihr umgegangen wird.

Sie wollte dir keinen Kummer machen. Niemals solltest du dich wegen ihr aufregen oder dir Sorgen machen. Sie fühlte sich dafür verantwortlich, dass es dir gut ging.

VI

Nach der Scheidung lebtest du mit deiner Tochter weiter in der Drei-Raum-Wohnung. Als Juliane für zwei Wochen zu Tante Paula, der Schwester deiner Mutter, nach Bad Schmiedeberg in die Sommerferien gefahren war, hattest du neue Wohnzimmermöbel gekauft. Als sie zurückkam, rief Juliane laut und begeistert aus: „Was für ein großer Spaß! Du hast zwei Drehsessel gekauft!" Du lachtest über Julianes Übermut: „Schau mal, den neuen Wohnzimmertisch kannst du an einer Kurbel hoch- und runterleiern. Probier mal, ihn auf deine Höhe einzustellen."

Anstelle des Klaviers gab es nun einen neuen Plattenspieler und einige Schallplatten. Vater hatte das Instrument verkaufen müssen. Juliane fragte: „Wer hat denn unser Klavier jetzt?" Du sagtest: „Ein sowjetischer Offizier hat es für seine fünfjährige Tochter abgeholt."

Wenn Juliane aus der Schule kam, legte sie oft eine Schlagerplatte auf und tanzte in der Stube dazu. Besonders liebte sie die Lieder von Frank Schöbel, Chris Doerk, Karel Gott und Veronika Fischer.

Ihr Kinderzimmer war rechteckig. Hinten am Fenster stand ihr Bett, davor ein Tisch, an dem sie Hausaufgaben machte. Gegenüber befand sich ein großes Regal, in dem sie ihre Bücher, Bälle und Spiele aufbewahrte. Dass man ein Zimmer ab und zu aufräumen musste, wusste das Mädchen. Sie sortierte gern ihre Schätze wie eine kleine Jägerin. Juliane durfte Kinder mit hoch in die Wohnung nehmen, auch wenn keiner da war. Du vertrautest ihr.

Juliane hob den Kopf und ließ den Stift sinken. Sie konnte sich noch gut daran erinnern, wie schnell und genau du Zeichnungen von Puppen und anderem Spielzeug anfertigen konntest. So sehr sie sich auch anstrengte: Sie lernte es nicht.

Roman, du hattest besonders Fotoalben mit deinen Zeichnungen verziert. Juliane dachte an die lustigen Figuren, die du den Bildern hinzufügtest. Du hast auch alte Schriftarten beherrscht. Als Schülerin saß sie in ihrem Zimmer und übte diese zu schreiben. Das machte ihr Spaß. Viele Stunden verbrachte sie damit.

In den Nachlass-Unterlagen von dir befinden sich die Briefe, die du an den Oberbürgermeister geschrieben hattest:

„Um meine Erziehungs- und Betreuungs-aufgaben auch weiterhin bestens erfüllen zu können, ist es dringend erforderlich, eine Wohnung für mich und meine Tochter in der Bezirksstadt zu erhalten. Ich bitte um nochmalige Prüfung meines dringenden

Antrages." Doch es gab keine Möglichkeit, dort für euch eine Wohnung zu bekommen.

Zu ihrer Schule gehörte ein Schwimmbassin, fünfundzwanzig mal fünfzehn Meter groß. Einmal kamen Trainer, um Nachwuchs für das Sportschwimmen zu suchen. Einer sagte: „Nun schwimmt einfach mal los. Wir wollen sehen, wer das schon gut kann!" Juliane wurde fürs Schwimmen entdeckt.
Ab dieser Zeit trainierte sie dreimal in der Woche im Schwimmklub. Deshalb fuhr sie eine halbe Stunde mit der Straßenbahn bei Wind und Wetter zum überdachten Schwimmbad.

Oft kam sie spät nachhause, erst halb neun. Du wartetest dann mit dem Abendbrot: „Schwimmen macht hungrig. Komm schnell essen, mein Kind. Danach lese ich dir noch eine Gute-Nacht-Geschichte vor."
    Du legtest Wert darauf, dass die Mahlzeiten gemeinsam eingenommen wurden.

Juliane konnte schon gut selbst lesen. Doch wenn du als ihr Vater das machtest, beruhigte dies das Mädchen, als ob eine gute Fee ihre Hand auflegte.

VII

Juliane passte immer genau auf, wann die nächste Altpapieraktion an der Litfaßsäule angezeigt war. Dann sagte sie im Klassenraum, wenn der Unterricht gerade beginnen sollte: „Hallo, hört mal her, nächsten Mittwoch, wenn sowieso Pioniernachmittag ist, beginnt eine neue Sammlung. Wollen wir wieder in die Häuser gehen? Wer kommt mit?"

Daraufhin kamen viele Schülerinnen und Schüler mit einem Handwagen, den es in fast jedem Haushalt gab. Den Erlös aus der Altpapiersammlung durften die Kinder als zusätzliches Taschengeld behalten. Juliane kaufte sich am liebsten Filzstifte und *„Moskauer Eis"* davon.

Im Endjahreszeugnis der dritten Klasse stand in ihrer Beurteilung: „Mal ist sie sehr gefühlsbetont und anhänglich, mal jungenhaft wild. In entscheidenden Situationen gelang es ihr, die gesamte Klasse zu aktivieren, und sie wurde so durch ihre burschikose Art zum Bindeglied der zwei rivalisierenden Gruppen."

Im Zeugnis standen bis auf eine Zwei in Mathe alles Einsen. Die gesamte Beurteilung mit Benotung fand Juliane mit Originalunterschriften von Klassenlehrerin und Direktor in deiner Personalakte.

VIII

Juliane erinnerte sich an die glückliche Zeit von damals. Sie konnte ihr Manuskript nicht weiterschreiben. Dies gelang ihr nicht, weil sie emotional außer sich war. Sie atmete schwer. Deshalb bereitete sie sich einen starken Kaffee. Die Uhr zeigte halb drei Uhr nachts. Langsam schlürfte sie das heiße Getränk. Sie griff zu den Zigaretten, die sie sich selbst stopfte. Der Rauch verflüchtigte sich. Sie atmete tief durch. Die kühle Luft auf dem Balkon deutete den Winter an. Dann ging sie wieder rein. Setzte sich an den Tisch, an dem sie alle Manuskripte mit der Hand schrieb:

Du, Roman, hattest einen verzweifelten Brief an die Schwester deiner Mutter nach Bad Schmiedeberg geschrieben. Darin stand: „Liebe Tante Paula, mein Leben mit unserer kleinen Juliane ist soweit in Ordnung. Und doch fehlt mir eine neue Frau an meiner Seite. Weißt du vielleicht einen Rat? Kennst du eine Dame, die für mich in Frage käme und die sich auch mit Juliane verstehen würde?"

Tante Paula besprach diese sensible Angelegenheit in ihrem *„Kaffeekränzchen"*. Das war ein Treffen älterer Frauen aus dem Ort und der Umgebung. Anwesend war auch die einundsiebzigjährige Margarethe K. aus Pretzsch. Sie hatte eine Tochter, Marlies.

Nach dem Treffen fragte sie diese: „Kannst du dir vorstellen, einen Mann aus der Stadt mit seiner siebenjährigen Tochter kennenzulernen?"

Marlies überlegte und sagte dann zu ihrer Mutter: „Weißt du, ich kann mal hinfahren, und dann sehen wir weiter."

„Er ist Buchhändler", fügte Margarethe eindringlich hinzu. „Marlies, das ist der gleiche Beruf, den du vor deinem Studium gelernt hattest." Marlies war überrascht: „Ja, wenn das so ist, dann unbedingt."

Eines Tages kam die junge Frau für ein erstes Treffen mit dir, Roman, in die Bezirksstadt. Du warst aufgeregt. Kurz bevor du losgehen wolltest, stelltest du fest: „Oh je, an meiner Hose ist der Saum unten ausgerissen." Du fragtest deine Sekretärin: „Können Sie mir das noch schnell nähen?"

Es dauerte nicht lange, und du stelltest die Achtunddreißigjährige deiner Tochter Juliane als Tante Marlies vor. Sie hatte kurze, braune Locken, war sehr schlank und größer als du. Ihr Lachen schien etwas aufgesetzt, verlegen.

Sie kam ab diesem Zeitpunkt regelmäßig an manchem Wochenende zu Besuch.

Schon, wenn Tante Marlies den Schlüssel im Schloss drehte, sprang Juliane auf, lief ihr entgegen und bestürmte sie: „Tante Marlies, dieses Mal gewinnst du aber nicht beim Rommee. Und draußen ist es so schön windig. Papa hat mir einen Drachen gebaut. Wollen wir den fliegen lassen?"

„Lass mich erst einmal reinkommen, Mädchen", holte die Frau Luft. „Diese Tasche kannst du auspacken. Da ist was Gutes für uns drei drin", sagte Tante Marlies.

Zum Vorschein kamen Plastedosen und Gläser mit schon gekochtem Essen. Juliane packte auch das in Butterbrotpapier eingewickelte Paket aus. „Mmh, was für ein toller Kuchen!" schwärmte die Kleine. Saftigen Quarkkuchen mit vielen Rosinen aß sie am liebsten.

Du, Roman, saßest im Wohnzimmer, standest auf, gingst in den Flur und begrüßtest Tante Marlies mit einem Küsschen auf den Mund. Du sagtest zu ihr: „Du verwöhnst uns wieder so. Das ist wunderbar. Ich danke dir sehr! Jeder Besuch von dir ist etwas ganz Besonderes."

Dann fügtest du besorgt hinzu: „Wie geht es Margarethe?"

„Sie hat mit dem offenen Bein zu tun, kann nicht gut laufen", sagte Marlies zu dir. „Ich habe ihr auch Essen gekocht. Die Gemeindeschwester heizt die Öfen, schaut nach ihr und versorgt den Fuß."

Im Sommer spielte Tante Marlies mit Juliane Federball. Sie gingen zu dritt ins Freibad. Du, Roman, bist viel geschwommen. Tante Marlies konnte nicht schwimmen.

Doch Juliane war stolz darauf, wenn zur Kinder- und Jugendspartakiade, der jährlichen Meisterschaft, so wichtig wie eine kleine Olympiade, ihr beide am Beckenrand standet und sie beim Wettkampf anfeuertet.

Nach der Siegerehrung rannte Juliane schnell zu euch beiden und zeigte euch ihre drei Medaillen. Sie strahlte übers ganze Gesicht. „Guckt mal, was ich habe, zwei silberne und eine bronzene!!", rief sie laut und fröhlich aus.

Tante Marlies und du, ihr gingt danach mit dem Mädchen einen großen Eisbecher essen in ihrer Lieblingseisdiele in der Nähe vom Stadtteich. „Das hast du dir richtig verdient. Darfst dir drei Kugeln mit Früchten bestellen", sagtest du anerkennend. Juliane war glücklich und munter wie ein Fisch im Wasser.

IX

Roman, ich erfuhr von Juliane viel über die Beziehung zwischen dir und Marlies. Und auch über die von ihr selbst.

Tante Marlies war in der großen Schule des Ortes erst Unterstufen- später Englischlehrerin. Sie bewohnte mit ihrer Mutter Margarethe ein eigenes Haus mit Garten. Hier war die ältere Dame großgeworden. Sie lebte schon ihr ganzes Leben in diesem Haus.

Juliane gruselte sich, wenn sie zum Plumpsklo über den Hof musste, vor allem nachts. „Dort hausen Spinnen und Käfer, große und kleine. Tante Marlies, das finde ich ganz furchtbar", sagte sie ihr. Dabei schüttelte sie sich, als ob ihr total kalt wäre und sie frieren würde, weil sie sich vor den Krabbeltieren ekelte. Marlies gab ihr eine Taschenlampe für den Weg. Aber das half nicht viel. In der Phantasie des Mädchens kroch und summte es auf ihrer Haut wie in einem Bienenschwarm, obwohl sie die Tür weit aufließ.

Wenn Juliane in den Flur des dreistöckigen Hauses ging, kam sie rechts in die *„Gute Stube"*. Dahinter befand sich das Zimmer von Oma Margarethe. Links ab lag das Elternschlafzimmer. Juliane stieg eine knarrende Wendeltreppe hoch, um zu ihrem Zimmer zu kommen.

Dann gab es noch den Dachboden: Er war nicht ausgebaut und staubig, vollgestellt mit Gerümpel. Ein Abenteuerspielplatz.

Die Küche war groß und rechteckig. Darin standen ein Beistell - und ein Gasherd, die Tante Marlies zum Kochen nutzte. Beim Blick aus dem Küchenfenster konnte man den Garten sehen.

Aufgrund ihres Berufes hatte Tante Marlies ebenso in der Ferienzeit frei. Du fuhrst mit dem Zug - mit Halt in Wittenberg und Umstieg nach Pretzsch - in deinem Urlaub hinterher. Juliane verbrachte fast alle Ferienzeit dort.

Sie besaß zwei Pilzbücher. Diese las sie immer wieder und prägte sich die Essbaren ein. Sie lernte gern, und Pilze faszinierten sie wie ein funkelndes Goldstück.
An deinem Gesicht, rund und lieb, konnte Juliane schon die Stimmung ablesen, die herrschte. Du warst stolz darauf, dass deine Tochter *„auf den Blick"* gehorchte.

„Komm, Juliane, hole den Weidenkorb. Die Messer habe ich schon eingesteckt. Wir wollen in den Wald und Pfifferlinge sammeln gehen. Die gibt's dann zum Mittagessen", sagtest du zu deiner Tochter. „Tante Marlies brät sie uns mit Butterkartoffeln."
Juliane und Marlies hatten gemeinsam Kuchen gebacken. Nicht nur, wenn Geburtstag war, sondern jedes Wochenende duftete es

verführerisch im Haus. Juliane lernte, abends bewusst allein zu bleiben, damit du und Marlies Freunde besuchen konntet.

Oma Margarethe gründete mit Juliane das „Lachkabinett". In ihrem Zimmer schlossen beide hinter sich leise die Tür fest zu. Niemand durfte jetzt stören. Oma Margarethe machte ein ernstes Gesicht, spielte Entrüstung: „Juliane, du darfst nicht lachen, wenn ich dir einen ungeheuren Witz erzähle." Juliane sagte laut hörbar ohne aufzublicken: „Ich verspreche es!" Denn insgeheim musste sie schon mächtig lachen, sie prustete und gluckste. Oma Margarethe erzählte: „Fragt ein Kindermädchen: ,Kann ich bei Ihnen anfangen zu arbeiten?' ,Verfügen Sie denn über genügend Erfahrungen im Umgang mit den Kleinen?' ,Ja natürlich', sagte das Kindermädchen. ,Ich war früher selbst ein Kind.'" Juliane lachte und lachte. Sie hielt sich den Bauch und krümmte sich wie eine Weide im Sturm.

Oma Margarethe erzählte gern und viele Witze. Bevor Juliane am Abend ins Bett musste, fragte sie: „Wollen wir noch zehn Minuten ins Lachkabinett gehen?"

Oma Margarethe und Tante Marlies hatten keinen Fernseher. Sie hörten viel Radio. Am liebsten die Hörspielserie *„Neumann zweimal klingeln"* am Samstagabend.

Die Zweiundsiebzigjährige brachte Juliane bei, Topflappen zu häkeln. Diese verschickten beide an Freunde und Bekannte. Eine richtige Oma zu haben, war für Juliane völlig neu. Sie genoss es. Dann schmiegte sie sich eng an die ältere Dame und sagte zu ihr: „Oma Margarethe, ich habe dich lieb."

Margarethe trug immer eine Kittelschürze. Ihre Haare waren ergraut, doch ihre Augen leuchteten schelmisch wie bei einer jungen Frau. Sie verbrachte ihre Tage damit, ab und zu im Garten nach dem Rechten zu sehen. Tante Marlies heizte die Öfen in der Stube und in Omas Zimmer. Alle anderen Räume blieben kalt. Wenn du kamst, übernahmst du das Kohlen- und Holzschleppen.

Juliane fand ihr Lachen wieder. Sie fühlte sich frei wie die Schwalben, die im Schuppen ein und aus flogen. Ungezwungen alberten Oma und sie herum.

An der Hauswand rankten sich Weintrauben, die das Mädchen ernten durfte. Im Garten wuchsen Spargel und Süßkirschen. Ein Paradies.

Jeden Morgen rief es *Mirko*: „Komm, mein Katertier, es gibt Futter." Dafür stellte Juliane die kleine Schale neben den Herd in der Küche. Sie streichelte ihn, nahm das Tier hoch in ihre Arme und strich mit sanften Fingern über das weiche, graugestreifte Fell des Katers, als wäre er ein Kuscheltier.

X

Juliane schrieb mir weiter von der schönen Zeit mit Marlies.

Sie lernte Tante Regina kennen. Diese war die beste Freundin von Tante Marlies. Sie arbeitete im Hort und gestaltete mit den Kindern die Ferienspiele. Tante Reginas Gesichtszüge wirkten fein und zart, anmutig wie bei einer Prinzessin. Sie war zierlich, und ihre langen Haare steckte sie zu einem Dutt zusammen. Sie war selbst Mutter von vier Kindern, wusste daher genau, was Kindern Freude macht.

In Pretzsch ging Juliane gern in die Ferienspiele, die der Hort ausrichtete. Das Geländespiel *„Schnipseljagd"* begeisterte sie. Die älteren Kinder der vierten Klassen verteilten Papierschnipsel auf Wegen und an Bäumen. Die jüngeren Kinder mussten diese finden und ihren Geländelauf danach ausrichten.

Tante Regina fragte Juliane: „Möchtest du unsere beiden Ponys mal striegeln? Sie stehen hinter dem Haus im Stall. Mein großer Sohn Roland zeigt dir, wie man das richtig macht."

Das Kind schien wie umgewechselt. Juliane war froh und glücklich. Ihr Lachen und ihre ungezwungene Natürlichkeit schallten durchs Haus, als hätte sie eine lebenslange Dauerkarte für den Rummelplatz gewonnen. Keine Spur mehr von Traurigkeit. Alles wie weg. Es gab kaum ein Früher.

Langsam stellte sich die Frage: Wie geht es weiter, wird es eine neue Familie geben? Ihr Kinderherz flog Tante Marlies zu.

In der Zeit, in der Marlies und Juliane nicht beieinander sein konnten, in der Woche, schrieb Juliane Briefe an ihre Tante. Darin stand: „Liebe Tante Marlies, ich freue mich schon so, wenn du wiederkommst. Dieses Mal besiege ich dich bestimmt beim Kartenspielen. Bald sind Herbstferien. Dann komme ich wieder zu dir und Oma Margarethe. Ich freue mich schon so sehr darauf."

Juliane schlug dir, Roman, einen Umzug nach Pretzsch vor. Sie war schon heimisch geworden. Doch du sagtest: „Das geht nicht. Ich arbeite in der Buchhandlung und muss dort bleiben." Juliane sagte ungläubig naiv: „Dann gründest du in Wittenberg eine neue Buchhandlung."

Du sagtest zu deiner Tochter: „Anders geht es vielleicht. Tante Marlies kann eher aus dem Schuldienst in eine andere Stadt wechseln." Juliane fragte: „Kann Tante Marlies meine neue Mama werden, wenn Ihr heiratet?" Du lächeltest und nicktest.

Die Hochzeit von dir und Marlies fand im Sommer statt. Oma Margarethe konnte nicht dabei sein. Sie war auf Grund ihrer Krankheiten nicht mehr reisefähig. Juliane dachte: ‚Nun wird alles gut.'

XI

In deinem Leben, Roman, gab es nicht nur die kleine vierköpfige Familie. Du hattest einen Bruder: Wilhelm. Julianes Lieblingsonkel.

Er hatte dunkle, fast schwarze Haare, lachte viel und laut. Seine braunen Augen leuchteten dabei. Er arbeitete als Prokurist in einer großen Maschinenbaufirma.

Wilhelm war schlank im Gegensatz zu dir. Du hattest schon einen leichten Bauchansatz und warst größer als Onkel Wilhelm. Deine Haare schon ergraut, wirktest du als der weitaus Ältere von euch beiden. Doch Onkel Wilhelm war sieben Jahre älter als du.

Verheiratet war er mit Tante Ingrid. Beide hatten zwei Söhne, die Cousins von Juliane. Sie waren jeweils dreizehn und zwanzig Jahre älter als sie. Wilhelm lebte mit seiner Familie in Niedersachsen, Bundesrepublik Deutschland. Jedes Jahr zu Ostern oder Pfingsten bekam eure Familie Westbesuch.

Onkel Wilhelm sang Juliane immer ein Einschlaflied, wenn er zu Besuch war. Er kannte viele Lieder, sodass sie sich eins wünschen durfte. „Onkel Wilhelm, sing mir wieder ‚Aber heidschi bumbeidschi bum bum' vor", bat Juliane. Er legte Gefühl in seine Stimme, und Juliane schloss die Augen. Er sang leiser, und das Mädchen schlief schnell ein.

Diese Besuche bedeuteten deiner Tochter Juliane etwas Besonderes. Sie fühlte sich zugehörig zur Willer-Familie. Es gab da noch etwas in ihrem Leben, das anders war. Julianes Zeit schien stehen zu bleiben, aus dem Takt zu kommen, wenn die ganze Familie zusammenkam, als würde die Batterie der Wanduhr aufhören zu laufen. Ihr war wie Luft zu holen und den Atem anzuhalten, als würde sie unter Wasser tauchen.

Roman, du meintest zu Marlies: „Ich gehe in der Stadt ins ‚Fress-Exquisit' und bringe *Schweizer Käse* und *Prager Schinken in der Büchse* mit. Auch den besten Rotwein *Saale-Unstrut* gibt es dort.

Wilhelm ist ein großer Weinkenner. Er freut sich bestimmt, wenn wir ihn damit verwöhnen. Ich glaube, Ananas- und Pfirsichbüchsen haben wir noch im Keller."

Marlies antwortete dir: „Ich mache mich auf den Weg zum Fleischer. Du weißt, wenn ich nicht vorbestelle, bekomme ich den Spanferkelbraten nicht."

In der Stube ihrer elterlichen Wohnung im Neubau, schrieb mir Juliane, standen eine Schlafcouch, davor der Wohnzimmertisch und zwei Sessel. Eine moderne Schrankwand mit Gläsern und Büchern befand sich links, wenn man zur Tür reinkam. Rechts dann der Esstisch mit den sechs Stühlen. Dahinter ein Bücherschrank. Die Durchreiche zur Küche war praktisch. Mitten im Raum an der Wand geradeaus befanden sich der Fernseher sowie die Balkontür.

An den Wänden hingen Grafiken und Aquarelle, die du, Roman, von den Künstlern geschenkt bekommen hattest.

Wenn dein Bruder mit seiner Familie zu Besuch war, fuhren sie im Toyota übers Land in andere Orte und Städte zu Verwandten und Freunden von früher, als sie noch in der DDR wohnten. Sie waren alle erst Ende der fünfziger Jahre übergesiedelt. Legal mit Möbelwagen. Onkel Wilhelm sagte einmal zu Juliane: „Auch wenn wir in Niedersachsen ein neues Zuhause gefunden haben, bleibt diese Region hier doch unsere Heimat."

Materielle Dinge oder Geld aus dem Westen spielten keine Rolle im Zusammenleben. Natürlich wusste Juliane, wie Kaugummi schmeckt und westliche Zahnpasta riecht.

Einmal durfte sich Juliane zu ihrem vierzehnten Geburtstag etwas wünschen. Sie schrieb einen Brief an Tante Ingrid und Onkel Wilhelm: „Ich wünsche mir eine Jeans, die schon ausgewaschen ist." Sie erhielt eine *„Wrangler"*. Ein besonderes Stück, das Juliane hütete.

Ihr bekamt regelmäßig Weihnachtspakete. Das frische Obst, Bananen und Orangen, nahmt ihr schon vor dem Fest heraus, damit es nicht schlecht wurde.

Aber bei den Besuchen standen die Lebensfreude, der Gesang und die gemeinsamen Erlebnisse im Vordergrund. Juliane spielte Gitarre, sang auch Lieder von Peter Maffay und Reinhard Mey. Aber ebenso die Arbeiterkampflieder.

Meistens sangen alle jedoch Volkslieder. Da war das Mädchen text- und melodiesicher. Das Lieblingslied von dir, Roman, war *„Am Brunnen vor dem Tore“*.

So hieß es in Julianes Aufzeichnungen.

Wilhelms Lied *„Hoch auf dem gelben Wagen“*, spielte Juliane fast blind auf dem Instrument.

XII

Jedes Jahr in den Sommerferien fuhr Juliane für drei Wochen ins Ferienlager des Volksbuchhandels nach Wernigerode in den Harz, erfuhr ich weiter. Ausgelassen und frei tobte sie mit den anderen Kindern umher. Sie lernte Jessy kennen, die Tochter des Lagerleiterelternpaares. Jessy war zwei Jahre älter als sie. Die beiden Mädchen wurden unzertrennlich und besiegelten ihre Freundschaft, indem sie sich mit Wasser aus dem kleinen Bach, der an das Grundstück grenzte, nass spritzten.

„Ich möchte dieses Jahr das Schießabzeichen in Bronze machen", sagte die Elfjährige zu Jessy. „Mein Vater wird wieder alles aufbauen und die Schießscheiben aufhängen", sagte diese. Beide kletterten auf Bäume, und Juliane gewann beim großen Sportfest die Goldmedaille.

Beim Geländespiel geschah etwas völlig Unerwartetes: Juliane rannte so schnell sie konnte durch die Felder und den Wald. Sie musste sich mit zwei anderen Kindern nach Karte und Kompass orientieren, um zum Ziel zu gelangen. Die Gruppe lag gut im Spiel. Sie waren die Ersten am dritten Kontrollpunkt. Die Kinder wollten unbedingt gewinnen.

Doch Juliane bekam große Angst, denn viel Blut lief plötzlich an ihren Beinen herunter. Sie konnte nicht weiter am Lauf teilnehmen und schleppte sich mit Bauchschmerzen zur Lagerleiterin: „Bin ich schwerkrank? Frau Sieber, was ist denn nur los? Ich blute so dolle an den Beinen!" Die Frau fragte Juliane: „Du weißt wirklich nicht, was mit dir ist?" „Nein, was denn nur?", fragte das Mädchen beunruhigt und mit Tränen in den Augen.

„Offensichtlich bist du nicht aufgeklärt. Du hast das erste Mal deine Regelblutung bekommen. Das kriegt man, wenn man langsam erwachsen wird. Jeden Monat bekommst du ab jetzt deine Menstruation. Die sogenannte Monatsblutung bewirkt, dass dein Zyklus sich entwickelt und du ab jetzt sogar ein Kind bekommen kannst, wenn du mit einem Jungen ohne Verhütungsmittel schläfst."

Juliane sah Frau Sieber erschrocken an. Sie war zwölfeinhalb Jahre alt, kam im September in die siebente Klasse. Nahm sie bisher an, vom Küssen kriegt man ein Kind, war das wohl

Unfug. Juliane schämte sich in Grund und Boden.

Frau Sieber gab ihr Material und Watte. „Morgen gehen wir einkaufen für dich", sagte sie. „Was du brauchst, gibt es in der Drogerie", ergänzte sie.

Die Kinder schliefen in Doppelstockbetten. In einem Zimmer alle Mädchen, im anderen die Jungen. Dazwischen lag ein kleiner Flur. Die Erzieherinnen und Erzieher, meistens achtzehnjährige Lehrlinge des Volksbuchhandels, saßen so lange im Flur, bis wirklich überall Ruhe herrschte.

Juliane dachte sich Schabernack aus. Einmal klebte sie die Schuhe ihrer „Bettuntermieterin" mit Kleber am Fußboden fest. Das brachte ihr heftigen Ärger ein.

Herr Sieber schimpfte sie aus. Laut polterte er: „Juliane, was hast du dir dabei gedacht? Das geht doch nicht! Das geht weit über einen Spaß hinaus. Das Gebäude ist doch gemietet! Nur mit einem Spachtel kriege ich das wieder ab. Der Fußboden ist kaputt."

Juliane bekam ein schlechtes Gewissen. Sie wurde rot im Gesicht. „Muss das mein Papa bezahlen?", fragte sie stockend und kleinlaut.

Herr Sieber winkte ab: „Ach, was weiß denn ich. Ich muss es melden, dann sehen wir weiter."

Von der ersten bis zur sechsten Klasse fuhr sie jedes Jahr dorthin. In der Fußball-Mädchenmannschaft stand Juliane im Tor. Das Neptunfest fand regelmäßig statt und auch die Nachtwanderung. Dafür gab es Alarm mitten im Schlaf. „Ist das nur eine Übung oder bitterernst und echt?", fragten sich die Kinder gegenseitig, währenddessen alle ihre Trainingsanzüge anzogen. Du hattest ihr in der zweiten Klasse dafür eine Taschenlampe mitgegeben.

Einmal kam in dieser Zeit auch die Leitung des Bezirkes vom Volksbuchhandel im Auto an. Dafür gab es einen Sonderappell.

Zu Julianes größter Überraschung und Freude durfte ihr Vater auch einmal dabei sein. „Papa, Papa!!!", rief sie laut und ungestüm, als sie dich erblickte. Unbeschwerte Zeit im Leben, die

Juliane genoss, wie einen großen Löffel Honig in heißer Milch.

XIII

Juliane dachte an ihre Teenagerzeit. Ging es im Urlaub in den Thüringer Wald oder den Harz, nahm Juliane wieder ihre Pilzbücher mit. Es waren meistens Gewerkschaftsreisen. Du schenktest ihr einen Spazierstock. Darauf sammelte sie Abzeichen von den Orten, in die sie fuhren. Die mit einem Nagel versehenen Abzeichen konnte sie einschlagen.

Juliane zog ihre Jeanskappe fest ins Gesicht und sah verwegen aus auf den Fotos, mit ihrer Jeans und den *Jesuslatschen* oder den *Trampern*. Das waren besonders beliebte Schuhe aus Wildleder, völlig ohne Absatz. Die Latschen zog Juliane als Sandalen an. Es gab dieses Schuhwerk selten im Sportwaren-Geschäft. Sie kosteten nicht viel Geld, ein Paar *Tramper* zwanzig Mark.

Marlies mochte diese Schuhe nicht. Deshalb ging sie mit dem Mädchen in das

Exquisit-Geschäft und kaufte ihr für den Winter ein Paar hellbraune, mit Lammfell gefütterte Wildlederstiefel für zweihundertundzwanzig Mark. Juliane irritierte der Kauf. Sie trug die Stiefel mehr als zehn Jahre. Sie wusste nicht, ob ihr so eine wertvolle Ausgabe zustand.

Einmal ging es nach Ahrenshoop an die Ostsee. Juliane war Dreizehn. Der Zufall wollte es, dass ein Freund von dir, der Schriftsteller Wolfgang Schneider, an einem Tag mit seinem Programm dort gastierte. Er holte Juliane aus dem Publikum. „Setz dich auf den Stuhl hierher!", forderte er sie auf. Juliane dachte sich nichts Böses und tat es.

Dann gab ihr der alte Mann einen Kuss direkt auf den Mund. Die Menschen in dem gefüllten Saal lachten. Du, als Vater, hattest Beifall geklatscht. Juliane ekelte sich furchtbar. „Igittigitt!", fluchte sie nach dem Ende der Veranstaltung leise vor sich hin, nicht hörbar für Umstehende. Sie war nicht in der Lage, dies anders auszudrücken. Hast du das nicht mitbekommen?

Der Schriftsteller lud die Willer-Familie danach noch zum Abendessen ein. Er machte immer wieder Anspielungen auf Julianes Schönheit und ihre zarte Jugend: „Eure Tochter wird mal eine Schönheit. Ihr müsst gut auf sie aufpassen, viele Männer werden sich um sie reißen." Juliane konnte dem Ganzen nicht entfliehen. Sie schämte sich abgrundtief. Kindlich, wie sie war, wusste sie überhaupt nicht, was das alles bedeutete.

Ob sich das junge Mädchen noch immer dafür verantwortlich fühlte, dass du nicht mit ihr schimpfen musstest?

Sie lächelte damals und schwieg. Bisher hatte sie in ähnlichen Situationen gelernt, es sei normal, wenn Männer so mit ihr umgehen.

Juliane spürte kaum einen Zugang zu ihren wahren Gefühlen. Abscheu und Ekel setzten sich in ihr fest wie eine zähe, klebrige Masse aus Kaugummi.

War es von dir falscher Vaterstolz, solch eine attraktive Tochter zu haben?

Du hattest solche Vorkommnisse geschehen lassen. Griffst nicht ein, beschütztest deine Tochter nicht, obwohl du davon wusstest und es direkt erlebtest. Warum? Diese Art von Übergriffen häufte sich, je älter Juliane wurde. Zwischen ihrem vierzehnten und siebzehnten Jahr nahmst du sie mit zu Abendveranstaltungen in einen Kulturklub. Dort fanden Lesungen statt. Juliane dachte: ‚Warum nimmt Vater nicht Marlies mit? Sie ist doch seine Frau!‘ War sie dein Vorzeigepüppchen, Roman?

Autoren und Verleger kamen auch nachhause. Sie als Heranwachsende interessierte sich sehr für die Werke der Schriftsteller. Deutsch blieb immer ihr Lieblingsfach.

XIV

Pause. Dann Kaffee. Weiter. Sie musste sich konzentrieren. Nur so brachte sie Ordnung in die Zeilen. Zu lange schon lebte sie mit dem Ungeordneten. Das raubte nicht nur Schlaf, sondern führte zu Wachträumen und dem gefürchteten Alptraum. Juliane griff erneut zum Stift. Noch immer beschrieb sie nur die Vorderseiten.

Juliane dachte: ‚Ob meine beiden Kinder sich irgendwann einmal im Leben für das hier Geschriebene interessieren werden?‘ Christian und Sebastian, schon erwachsen, mit eigenen Familien. Sie kümmern sich um ihre Kinder und leben in Partnerschaft.
Juliane nahm in der Familie ihren Platz als Oma ein. Es gibt keinen Streit. Gelegentliche Unstimmigkeiten werden durch reflektierende Gespräche aus der Welt geschafft.
Sie erinnerte sich:

Auch sie hatte sich früher kaum für das Leben ihres Papas interessiert. Dankbar nahm sie den ganzen Nachlass an und übergab ihn dem Stadtarchiv. Marlies hatte alles aufgehoben. Es war viel von dir selbst vorsortiert und aufgeschrieben, als hättest du gewusst, dass sich deine Tochter einmal dafür begeistern würde. Besonders die Listen mit den Autoren und

Autorinnen, mit denen du Briefwechsel führtest, waren Zeitdokumente und sind es heute noch.

Marlies hätte ihr das alles eigentlich schon aushändigen müssen, nachdem du verstorben warst. Doch so gelangte alles erst einundzwanzig Jahre später zu Juliane.

Nach und nach bekam das Mädchen die Bedeutung und Wichtigkeit der Arbeit von dir mit. Besondere Anerkennung brachten dir die Freundschaftsverträge der Buchhandlung mit den verschiedensten Betrieben der Stadt und Umgebung ein. Absatzmärkte für spezielle Fachliteratur. Bücher kamen zu den Arbeitern und Angestellten. Viele Lesungen mit Autoren in den Betrieben bedeuteten kulturelle Nähe. Als staatlicher Leiter setztest du damit die Vorgaben und Leitlinien der SED um.

Du hieltest Kontakte zu bedeutenden Autoren und Autorinnen der Republik und international, organisiertest mit deinen Kollegen und Kolleginnen Bücherbasare mit Autogrammstunden. Die Menschen bezeichneten die DDR als Leseland.

Juliane wollte mal mit dir allein sprechen - dann ging sie in die Buchhandlung. Zuhause war dies unmöglich. Wenn dich Juliane ansprach, hattest du sie stets an Marlies verwiesen und ihr jedes Gespräch verweigert. In der Hoffnung, in der Buchhandlung hättest du etwas Zeit für sie, sagte Juliane: „Hallo, Väterchen, wollen wir einen Kaffee trinken gehen oder können wir hier reden?" Doch Fehlanzeige. Du sagtest: „Nein, es geht nicht. Du musst gleich wieder gehen. Ich habe zu viel zu tun."

Juliane fiel auf sich selbst herein. Denn nur, wer etwas erwartet, kann enttäuscht werden. Doch Bedürfnisse sind normal.

Du warst früher ein Vater wie aus dem Bilderbuch, ein großer Indianerhäuptling. Du hattest dich um sie gesorgt, wie das nur ein liebevoller Vater macht. Sogar die Mutter hattest du ersetzt. Aber später? Juliane vermisste am meisten die offenen und ehrlichen Gespräche zwischen euch.

Deine Arbeit war dir Berufung. Viele Anerkennungen, Medaillen und Auszeichnungen dokumentierten deine Leistungen. Anlässlich deiner Dienstjubiläen erschienen regelmäßig Artikel in der Tages- und Fachpresse.

XV

In der Schule fühlte sich Juliane wohl, sie konnte ihre kreativen Seiten ausleben und einiges bewirken. Sie bestimmte das Klassenklima mit.

Juliane war vier Jahre an der EOS (Erweiterte Oberschule - Abiturstufe) in der FDJ-Leitung (Freie Deutsche Jugend - Jugendorganisation der SED) für die Kulturveranstaltungen in der Klasse zuständig. Sie organisierte die Teilnahme an Kino- und Theateraufführungen, an Diskos und Kunstausstellungen. Einmal gingen alle zu einem bekannten Künstler in sein Atelier.

In der Klasse konnten mehr als zehn Schüler und Schülerinnen Gitarre spielen. So kam Juliane auf die Idee, die sie in der FDJ-Versammlung ansprach: „Wer hat Lust, ein Kulturprogramm mit Liedern, Gedichten und kleinen Geschichten einzuüben?" Fast die ganze Klasse meldete sich. Dann gingen die Schüler und Schülerinnen in Alten- und Pflegeheime, um auf den Fluren zur Weihnachtszeit zu singen und zu rezitieren. Alles selbst organisiert, ohne Lehrer, erfuhr ich von ihr weiter. Später schrieb Juliane darüber einen Artikel. Dieser wurde sogar in der Kreiszeitung gedruckt.

In der elften Klasse gaben die drei Schulfreundinnen, Christin, Karola gemeinsam mit Juliane, in der Buchhandlung ein Gitarrenkonzert mit Gesang zum Frauentag am achten März.

Die drei Mädchen bekamen viel Beifall. Sie sangen Lieder von Karat, Peter Maffay, Reinhard Mey, Ute Freudenberg sowie andere Songs aus Rock, Pop und Schlager beider deutscher Staaten und international. Meistens jedoch Songs aus der DDR. Jeder von ihnen bekam an diesem Nachmittag zwanzig Mark. Sie waren stolz auf sich. Du am meisten auf deine Tochter. Jedes Jahr kam cine „*Urkunde für gutes Lernen*" an die Wandzeitung im Betrieb. Auch darauf warst du stolz.

Die Zeugnisse von Juliane schicktest du regelmäßig zu Onkel Wilhelm und Tante Ingrid. Als müsstest du nachweisen, dass du in der Lage warst, deine Tochter gut zu erziehen. Bei den beiden Cousins kam das nicht gut an. Juliane wurde ihnen als Beispiel hingestellt. Sie liebten ihre Cousine dafür nicht, denn ihre schulischen Leistungen waren damals nicht so gut gewesen. Sie hing mit zärtlicher Verehrung an ihren Cousins. Dass Juliane schon als achtzehnjährige Schülerin Mutter des kleinen Christian wurde, fanden beide unmöglich. Ihre Ablehnung gegenüber Juliane steigerte sich. Doch das wusste das Mädchen nicht.

XVI

Julianes Leben drehte sich um Schule, Freunde, Musik und Sport. Sie war kaum zuhause, nur, um etwas zu essen und zu schlafen. Besonders viel Freude machte es ihr, als Trainerin und Kampfrichterin für Rhythmische Sportgymnastik zu wirken. Dabei konnte sie ihre offensichtlichen, pädagogischen Fähigkeiten weiter ausbauen. Denn sie wollte unbedingt Lehrerin für Deutsch, Musik und Sport werden.

Julianes Gedanken wanderten in die Zeit zwischen ihrem zehnten und achtzehnten Lebensjahr. Beim Schreiben kam sie immer wieder auf ihre Stiefmutter, prägte diese Jahre doch hauptsächlich Marlies mit ihrer Erziehung. Juliane schrieb mir weiter und beschloss, diese Zeiträume hier auszuklammern. Wenn sie wirklich Ordnung in das Geschriebene an mich bringen wollte, musste sie jetzt bei dir, Roman, bleiben.

Nachdem du, Julianes Vater, Rentner geworden warst, vergab die Stadt als Anerkennung für

Marlies und dich in der Innenstadt eine neue Wohnung. Fünfundachtzig Quadratmeter mit Balkon und drei Zimmern. Küche, Bad mit Fenster. Ihr hattet neue Möbel gekauft. Eine schwere, dunkle Ledergarnitur stand in der Stube. Im Gästezimmer gab es eine hellbraune Wohnwand. Der Raum, in dem gegessen wurde, schloss sich an den Flur an. Von ihm gingen alle anderen Türen ab.

Marlies arbeitete noch länger im Schuldienst. Sie war dreizehn Jahre jünger als du.

Du konntest als Rentner in den Westen, die BRD, fahren. Es gab schöne Fotos von diesen Reisen. Am meisten beeindruckten zuhause die Bilder von euch zwei Brüdern.

Oft erzähltest du: „Tante Ingrid hat wunderbar gekocht, ihre Rouladen - ein Gedicht! Ich habe bestimmt wieder zwei Kilo zugenommen. Ich bin ein dankbarer Abnehmer ihrer Kunst. Mein guter Bruder hatte mir den besten Kognak eingeschenkt. Manches Mal haben wir uns mit seinen Freunden getroffen und auch solch edle Tropfen wie ‚Moselwein' probiert." Dann setztest du etwas wehmütig hinzu: „Ach, Marlies, wenn du doch nur mitkommen könntest. Ingrid und du, ihr versteht euch doch so gut."

Marlies ging jeden Freitag zum Fleischer, um Braten, Schnitzel und frische Wurst zu holen. Ihr führtet in eurer Ehe ein offenes Haus. Oft kam Besuch oder ihr gingt Freunde besuchen. Die Freunde waren Bekannte und nahe Menschen von dir. Marlies kam als deine Ehefrau mit.

XVII

Juliane schrieb mir von ihrer frühen Mutterschaft. Sie ging in ihrer Mutterrolle auf und liebte ihren kleinen Jungen über alles. Nahm Christian überall mit hin. Als Dreijähriger durfte er das erste Mal mit ins Kino am Sonntagvormittag. Auf dem Spielplatz fragten die anderen Kinder, ob Juliane seine Schwester sei. Denn sie kletterte mit ihrem Kleinen um die Wette auf den Gerüsten umher.

Ihre Jugend bewirkte, dass Juliane viel erlaubte, was andere Eltern verboten. Sie hatte in seinem Zimmer ins Fenster mit Wasserfarben eine gelbe Sonne gemalt. Christian ging schon in den Kindergarten. Regnete es, patschten beide mit Gummistiefeln fröhlich durch die Pfützen. War es draußen heiß, gingen sie zum Schwimmen ins Schwimmbad in der Stadt oder ins Waldbad.

Juliane hielt kurz inne, dachte an diese Zeit, dann schrieb sie weiter:

Du wurdest zum Opa von Christian. Er wuchs heran, und bald schon warst du auch stolz auf deinen Enkelsohn.

Der Kleine war fünf Jahre alt, da hattest du für ihn ein Tretauto aus dem An- und Verkauf geholt. Es kostete einhundert Mark. Als er dann im Hof hinter eurem Haus damit fröhlich umherfuhr, hattest du genauso deine Freude. Der Junge juchzte vor Vergnügen. „Mama guck mal, Opa hat mir ein richtiges Auto geschenkt!"

Als Juliane erwachsen war und ihr eigenes Leben führte, arbeitete sie in der Stadtbibliothek. Sie war dort fast nur „Die Tochter von…". Das allein wollte sie nicht sein. Dein Licht strahlte weit über das normale Maß hinaus, schrieb sie sich weiter von der Seele.

Hatte Juliane Spätdienst, gab es oft niemanden, der Christian aus dem Kindergarten abholen konnte. Denn der hatte nur bis achtzehn Uhr offen. Die Bibliothek hatte ebenso bis dahin geöffnet. Es blieb Juliane nichts anderes, als sich dann auf ihr Rad zu schwingen und in den Kindergarten zu rasen. Sie kam trotzdem zehn Minuten zu spät.

Einmal sagte die Erzieherin zu ihr: „Wenn Sie nicht pünktlich sind, muss ich Ihr Kind das nächste Mal ins Heim bringen!" Juliane erschrak. Damit hatte sie nicht gerechnet.

Also schloss sie an solchen Tagen die Bibliothek eine viertel Stunde eher zu. Immer mit dem einen Gedanken: ‚Hoffentlich merkt das keiner!'

Juliane hatte oft am Mittwochnachmittag frei. An diesem Wochentag war die Bibliothek geschlossen, und sie kam euch mit Christian zum Kaffee besuchen.

Als ihr am Kaffeetisch saßet, rauntest du Juliane unvermittelt zu: „Wenn ich dein Leben ansehe, nein, das kann ich mit unserer sozialistischen Moral nicht vereinbaren; Kind mit siebzehn, dann die nur kurze Ehe, Liebschaften zwischendurch mit fragwürdigen Männern und mit Conrad. Du lebst das Leben einer Hure, bist nicht mehr meine Tochter. Hast nichts, worauf ich stolz sein könnte. Bist genauso verdorben wie deine Mutter. Diese Ilse hatte sich auch herumgetrieben. Wer weiß, was noch kommt. Vielleicht noch zwei Kinder ohne Vater!"

Roman Willer, du standest auf, wendetest dich ab und sagtest mehr zu dir selbst: „Ich sage es nochmal! Bist nicht mehr das, was ich mir für dich erwünscht habe. Was ich von dir so höre, da vergeht es mir." Juliane sah dich an. Ernst, bitter und erschüttert.

Was war in dich gefahren? Juliane zweifelte an dir. An welcher Stelle schlug dein Herz? Was bewog dich zu solch ungeheurer Aussage?

Du hattest deine Tochter blind in alles hineinlaufen lassen. Bog sie dann an der falschen Kreuzung ab, standest du mit der Keule eines Urmenschen hinter der Tür, um sie verbal zu erlegen.

Heftiger Schmerz! Juliane sagte wieder nichts. Traurig senkte sie ihren Kopf, stand auf und wendete sich zu ihrem Sohn: „Opa geht es nicht gut. Wir müssen wieder gehen."

Sie verließ hastig und stumm die elterliche Wohnung, ließ den Kopf hängen. Juliane drehte sich nicht noch einmal um. Draußen vor der Tür weinte sie hilflos.

XVIII

Juliane blieb zwei Jahre nur Hilfsarbeiterin, bis sie ihre Berufsausbildung als Bibliotheksassistentin nebenberuflich beginnen konnte. Sie wollte studieren. Doch das ging nicht so einfach.

Für das Bibliotheksfachschulstudium war an jedem zweiten Samstag Unterricht in Leipzig. Wohin mit Christian? Oma Marlies hatte selbst noch Dienst in der Schule an den Samstagen und konnte ihren Enkel nicht betreuen.

Neben der Berufsausbildung absolvierte Juliane die Kreisschule der SED. Die ging ein Jahr und fand immer freitags statt. Roman, Juliane bildete sich im Rahmen ihrer Möglichkeiten.

Zur Abschlussprüfung stellte ihr der Prüfer, ein promovierter Philosoph, nur eine Frage: „Was ist das größte Hemmnis im Sozialismus?"

Juliane antwortete sofort: „Theorie und Praxis stimmen nicht überein." Der Prüfer schaute sie erschrocken an, sah in die Luft und murmelte: „Da könntest du recht haben." Er gab deiner Tochter eine Eins und ließ sie gehen.

Ihren Facharbeiter machte Juliane mit eins Komma acht. Nicht so gut, wie es von ihr erwartet wurde. In den Theorie-Fächern hatte sie alles Einsen. Für die Praxis wurden ihr Steine in den Weg gelegt. In den Fächern *Fernleihe* und *Ökonomie* kam sie nur auf eine Drei.

Juliane entschloss sich zu einem Lehrgang an der Bezirksparteischule. Ein Jahr Direktstudium in Gesellschaftswissenschaften. Dorthin, in den Harz, konnte Christian mitkommen. Das Studium begann im September Neunzehnhundertachtundachtzig. Ihr Sohn blieb während der Woche im Kinderinternat.

Das Studium bestand aus den Fächern Politische Ökonomie des Sozialismus und Kapitalismus, Philosophie und Parteileben. Sie liebte die große Bibliothek, die sie nun als Leserin und nicht als Mitarbeiterin nutzen konnte. Besonders machte es ihr Freude, die Werke von Marx, Engels, Hegel und Kant im Original zu lesen.

Jeden Mittwoch kam Juliane ihren Jungen besuchen: „Hallo, mein Schatz! Heute wollen wir Regenkleidung kaufen gehen und dann noch ein großes Eis essen."

Christian begrüßte sie einmal nachmittags mit verweinten Augen: „Mama, mir ist was passiert!" Juliane bekam einen großen Schreck. „Was ist denn los?", wollte sie wissen. „Na, ich habe zu dolle getobt. Da ist mein Bett zusammengekracht. Die Erzieherin hat gesagt, du musst das nun bezahlen." „Mach dir keine Gedanken, ich regele das. Hauptsache, du bist gesund und munter. Alles andere lässt sich wieder einrenken." Christian umarmte seine Mama. „Ich habe schon so geweint! Wir haben doch kein Geld." Juliane sagte zu ihrem Sohn: „Zieh dir schon mal die Schuhe an. Ich gehe zu Frau Liebing."

Sie konnte die Erzieherin verstehen. Allerdings fand sie es nicht gut, dem Jungen solche Angst einzujagen. „Das müssen doch die Erwachsenen miteinander besprechen", sagte sie zu der Frau.

Bei schönem Wetter liefen beide im Wald spazieren, sammelten Kastanien und Eicheln, oder sie gingen auf den großen Spielplatz in der Ortsmitte.

Im Winter lag in dem Harzstädtchen oft Schnee. Juliane und Christian gingen rodeln. Sie zeigte Christian Schier, die sie ausgeliehen hatte und sagte: „Schau mal, was ich hier habe. Wir gehen in die Kinderschischule. Dann lernst du das Fahren gleich richtig."

Die Häuser der Studierenden und der große Hörsaal befanden sich mitten im Wald oben auf einem Berg. Mitstudenten hatten Christian als dem einzigen Seminargruppenkind einen Bogen mit Pfeilen aus Holz gebastelt und geschnitzt. Manchmal nahm Juliane ihren Sohn heimlich mit ins Objekt.

Dann gab es Kissenschlachten im Studentenwohnheim im Zimmer mit ihrer Zimmernachbarin und sie probierten den Bogen aus.

Juliane erhielt ein dem Verdienst angeglichenes Lehrgangsgeld.

XIX

Juliane schrieb und schrieb.

Roman und Marlies hatten den Schlüssel zu Julianes Wohnung. Im Frühjahr, in der Zeit der Abschlussprüfungen, kamen Christian und Juliane wie immer freitags nachhause.

Einmal stand eine Stehlampe in ihrer Stube, die vorher nicht dort war. Juliane erkannte sie gleich. Sie stand sonst in der Stube von Marlies und Roman. Juliane fand die Lampe schrecklich. Wohin damit? Einfach in den Müll werfen, das ging nicht. Dafür war sie zu groß.

Christian jedoch freute sich über die neue Lampe. Jeden Abend in der Dämmerung, wenn der Sandmann im Fernsehen kam, knipste er sie an. Also war es beschlossene Sache: Die Lampe blieb.

Marlies sagte später: „Wir hatten es doch nur gut gemeint."

XX

Juliane kam Neunzehnhundertneunundachtzig im Juli zurück mit einem Noten-Durchschnitt von zwei Komma null. Sie war auf Drei eingestuft gewesen und hatte sich um eine ganze Note hochgearbeitet. Sie begann in der Bibliothek ihre neue Tätigkeit als stellvertretende Abteilungsleiterin für Öffentlichkeitsarbeit. Nebenberuflich, also ehrenamtlich, wurde sie Parteisekretärin der Bibliothek.

Christian war am ersten September eingeschult worden. Juliane wollte eine unvergessliche Feier für ihren Sohn. Deshalb lud sie auch seinen Vater und dessen Mutter, Christians andere Oma, zum Nachmittagskaffee ein. Das hatte sich ihr Junge sehr gewünscht. Juliane sprang über ihren Schatten. Denn die Kontakte zum Vater von Christian beschränkten sich sonst auf das nur absolut Notwendigste. Ihr Junge bekam eine große, prall gefüllte Zuckertüte mit

Machboxautos und viel Süßkram und einem Teddy, der obendrauf saß.

XXI

Roman, zum Herbstbeginn Neunzehnhundertneunundachtzig brodelte es im Land. Massendemonstrationen gab es überall. Die Menschen gingen jeden Montag auf die Straße. Skandierten Sätze wie „Wir sind das Volk!" und „Stasi in die Volkswirtschaft!". Viele wollten weg und verließen das Land über die Grenzen. Über die tschechische Botschaft drängte sich ein Großteil. Der Außenminister der BRD, Hans-Dietrich Genscher, verkündete in Prag, vom Balkon der Botschaft, die Ausreise aller Bürger der DDR, die hier zusammengepfercht und in Zelten bei Regenwetter hausten. Juliane nahm diese Veränderungen wahr und legte ihr Amt nieder. Dadurch verlor sie ihren Posten und kam zurück in die Zweigbibliothek.

Roman, hättest du an ihrer Stelle anders gehandelt?
Juliane schrieb ohne Pause weiter.

XXII

Den Fall der innerdeutschen Grenze, der Berliner Mauer, verfolgte Juliane direkt im Fernsehen. Zufall, dass sie noch wach war und den Apparat eingeschaltet hatte. Deine Tochter sah die internationale Pressekonferenz am neunten November. Das Politbüro-Mitglied Günter Schabowski verkündete dort die neue Reiseregelung für die Bürger der DDR. Demnach sollte allen gestattet sein, das Land auch ohne Visum zu verlassen. Gefragt aus dem Publikum, ab wann das gelte, schaute er auf seinen Zettel und stammelte durcheinander: „… das gilt ab sofort, unverzüglich."

Die Menschen im Land stürmten zu den Grenzen und wollten gleich rübergehen, noch mitten in derselben Nacht. Für die Grenzposten gab es keine Befehle für diese Situation.

Gebannt schaute sie auf die Bilder. ‚Was war da los?‘, fragte sie sich. ‚Ojemine! Was soll das werden? Bleibt das jetzt dort alles friedlich? Hoffentlich schießt keiner drauflos!‘

Juliane fuhr nach dem Umbruch erstmals nach Niedersachsen, um den fünfundsiebzigsten Geburtstag ihres Onkels mit zu feiern. Sie kam als Überraschungsgast. Während der Feierstunde, zu der die Familienangehörigen ein kleines Programm aufführten, sang die junge Frau vor knapp sechzig Menschen das Lied zur Gitarre *„Die Gedanken sind frei“*.

Selbstverständlich waren du und Marlies zum Geburtstag deines Bruders eingeladen. Du und auch Onkel Wilhelm hatten Juliane nicht erwartet. Du schautest sie an wie einen Mensch gewordenen Geist. Ihre Reise war nur mit den beiden Cousins abgesprochen gewesen.

Sie staunte bei ihrem ersten Westbesuch über die komisch aussehenden Früchte, die sich Kiwi nannten. Die Straßen waren sauberer als zuhause. Juliane beobachtete, dass die älteren Menschen ungefähr zehn Jahre jünger aussahen als sie tatsächlich waren.

Schnell fühlte sie sich wohl, weil Tante Ingrid und Onkel Wilhelm ihr viel von der Kleinstadt zeigten, in der sie lebten. Sie erklärten ihr den Künstler-Brunnen auf dem Markt, besuchten mit ihr die große, eigene Anwaltspraxis eines ihrer Cousins und den Blumenladen von Tante Ingrid, der ihr gehörte.

Diese sagte: „Komm rüber zu uns. Du kommst schneller zu was, zu Wohlstand. Wir finden eine Arbeit für dich."

Juliane antwortete: „Meine Heimatstadt zu verlassen - nein." Dabei schüttelte sie heftig den Kopf und sprach eindringlich weiter: „Das geht nicht! Christian geht dort zur Schule, ich hab' meine Arbeit, mit der ich mich auskenne. Meine besten Freunde wohnen ebenfalls alle dort."

Von dieser Reise brachte sie ihrem Söhnchen frisches Obst, Matchbox-Autos, einen großen Traktor und Comic-Hefte mit. Ihre Freundin, die ihn für die dreitägige Reisedauer aufgenommen hatte, bekam Schokolade und eine Flasche Heidelbeerwein.

Onkel Wilhelm hatte ihr heimlich fünfzig Deutsche Mark in die Hand gedrückt. Juliane flüsterte ihm zu: „Hab Dank."

Roman, verhält sich so eine schlechte Mutter?

XXIII

Wenig später kam Diethelm wieder in das Leben deiner Tochter. Sie hatten sich beide beim Lehrgang an der Schule kennengelernt. Juliane hatte mehreren ehemaligen Mitstudenten- und Studentinnen eine Einladung für die Vernissage mit Künstlergespräch in der Bibliothek geschickt. Diethelm war der Einzige, der kam. Er brachte ihr eine Schallplatte von Veronika Fischer mit, von einer ihrer Lieblingssängerinnen.

Stell dir vor, Roman, beide ließen den Abend noch gemütlich bei Juliane zuhause ausklingen, legten die Platte auf und erzählten viel von den Erlebnissen an der Schule.

Diethelm, der als promovierter Physiker in einer Teststation arbeitete, half deiner Tochter, die „*Wohnhöhle*" zu sanieren. Sie kann diese Behausung, in der sie viereinhalb Jahre mit ihrem kleinen Christian lebte, nicht anders bezeichnen:

Kinderzimmer nicht heizbar, eine Ameisenstraße bahnte sich ihren Weg unterhalb des Kinderzimmerfensters, kein Abfluss unter der Spüle in der Küche und nur ein Kohle-Beistellherd zum Kochen. Undichte Fenster, marode Elektrik, keine Türen - nur Vorhänge, ein wackeliger Ofen im Bad und ein kleiner Bollerofen in der Stube. Im Winter glänzten die Wände im zehn Grad kalten Schlafzimmer vom Schimmel und der Nässe.

Diethelm und deine Tochter malerten an den Wochenenden zuerst das Kinderzimmer, klebten Tapeten. Dabei entdeckten Diethelm und Juliane ihren ähnlichen Humor.

Christian erkannte Diethelm wieder. Der junge Mann ging auf den kleinen Jungen ein, wie ein besonders guter Freund. Erklärte und zeigte ihm, wie man ein Fensterbrett mit Mörtel verputzt oder die Tapeten abspachtelt. Er durfte sich an allen Arbeiten beteiligen und auch mit dem Pinsel üben. Der Kleine hatte das größte Zimmer - und wenn davon eine Wand nicht perfekt war, machte das nichts.

Diethelm war groß gewachsen, hatte dunkelbraune Haare, eine schlanke Gestalt und braune Augen. Er trug einen Vollbart und gefiel Juliane. Ihre blau-grünen Augen passten zu dem hellgrünen Kostüm, dass Juliane eines Abends angezogen hatte.

Die junge Frau stellte eine Flasche Wein auf den Tisch. Sie sagte: „Du bist bisher der Erste, der meine kaputte Lage in dieser Wohnung sieht und mir wirklich hilft." Dann senkte deine Tochter den Kopf und flüsterte: „Ich glaube, ich habe mich in dich verliebt."

Diethelm sah Juliane erleichtert an: „Ich habe so sehr auf diesen Tag gewartet, dass du das sagst. Ja, es geht mir genauso." Dann setzte er sich zu Juliane auf die Couch und nahm sie fest in den

Arm. An diesem Abend blieb Diethelm das erste Mal über Nacht bei ihr. Roman, deine Tochter war doch zurückhaltend, ehe sie über ihre starken Gefühle, ihre Liebe zu Diethelm, sprach.

XXIV

Ein halbes Jahr später wurde sie erneut schwanger. Hatte die Pille versagt? Egal. Juliane freute sich so sehr auf ihr zweites Wunschkind. Sie war in der siebenten Woche.

Juliane wollte Diethelm überraschen. An einem Sonntag, Christian übernachtete am Wochenende bei seinem Vater, ließ Juliane Diethelm lange ausschlafen. Sie deckte den Tisch in der Stube für ein großes Frühstück. Sonne flutete das Zimmer, es war warm draußen und Juliane hatte das Fenster weit geöffnet.

Als er aus dem Schlafzimmer kam, wunderte er sich mächtig, weil Juliane ihn mit „Hallo Papa!" begrüßte. Er antwortete: „Meinst du nicht, dass es noch zu früh ist, um für

Christian ein neuer Vater zu sein?" Dabei streckte er sich und schaute neugierig in die so schön hergerichtete Stube. „Ist irgendwas?", fragte Diethelm. „Setz dich!", forderte die junge Frau ihn lächelnd auf.

Dann sagte sie: „Schau mal unter deinen Teller!" Der Mann hob das Geschirr hoch. Er staunte und sein Gesicht entgleiste. Seine Worte trafen Juliane wie ein Hammerschlag: „Ein Ultraschallbild? Das ist jetzt nicht wahr, nicht?", rief Diethelm entrüstet aus. „Das hast du wohl einfach so entschieden. Ohne mich zu fragen?" Juliane bekam einen hochroten Kopf: „Aber wir haben doch darüber gesprochen. Du sagtest: Ein, zwei Kinder noch wären dir recht. Wir haben zwar nicht über den Zeitpunkt geredet, jedoch dachte ich, es geht in Ordnung."

Diethelm stand abrupt auf: „Aber doch nicht sofort und gleich und nicht jetzt!!" Juliane standen Tränen im Gesicht. Sie schluchzte. „Du kannst jederzeit gehen. Ich werde das Kind behalten. Nein, ich lasse es mir nicht nehmen. Was denkst du dir eigentlich? Hast mich nie nach

Verhütung gefragt. Ich habe schon ein Kind. Ich weiß sehr genau, was ich mir selbst damit antun würde", sagte Juliane zu Diethelm. Roman, stell dir vor, er wollte sein Kind nicht!

Diethelm ging ans Fenster und steckte sich eine Zigarette an. Er atmete mit ernstem Gesicht tief ein und aus. Dann sagte er gedehnt und langsam: „Ich muss mir das überlegen. Es kommt so plötzlich." Drängend fügte er hinzu: „Gerade heutzutage, wo es beruflich so viele neue Möglichkeiten, auch für mich, gibt."

Diethelm wohnte in einer Zwei-Zimmer-Wohnung in einem Neubau, fast neben der Wohnung von Marlies und dir, in der Innenstadt. Juliane hatte dir den Mittdreißiger als ihren neuen Lebenspartner vorgestellt.

Du hattest gern mit ihm Schach gespielt, Roman. Diethelm war Vierter der DDR-Meisterschaften im Fernschach. Viel konntest du gegen ihn im Spiel nicht ausrichten. Aber es machte euch Spaß. Diethelm fand sich in die Familie ein. Lange hatte er vorher als Single gelebt.

Juliane und er sahen sich drei Wochen nicht. Beide hatten kein Telefon.

Eines Abends, sie brachte gerade Christian ins Bett und las ihm eine Gute-Nacht-Geschichte vor, klingelte es an Julianes Tür. Christian war schneller als sie und öffnete. Er rief begeistert: „Diethelm ist da! Mama komm her!"

Der Mann hatte ein gutes Hemd angezogen und trug einen Strauß gelb-roter Nelken in der Hand. „Also", druckste er herum: „Ich bin einverstanden. Gehen wir das Abenteuer an. Ich stehe zu euch."

Juliane sagte: „Komm rein! Christian hatte schon gefragt, wo du warst. Mir ist ständig übel. Ich komme beim Sanieren nicht voran." „Ich helfe euch", sagte Diethelm.

Ein Umzug aus der Horrorwohnung stand bevor. Die „*Wohnhöhle*" wäre im nicht renovierten Zustand nicht vermittelbar gewesen. ,Wer möchte schon in so ein Loch ziehen?', wusste Juliane. Diethelm und sie hatten im Ringtausch ihre Wohnungen eingetauscht, in eine Vier-Raum-Neubau-Wohnung im größten Neubaugebiet der Stadt. Ein neues Leben sollte beginnen. In jeder Hinsicht.

XXV

Sebastian wurde Anfang Neunzehnhunderteinundneunzig geboren. Juliane blieb ein Jahr zuhause, um ihren Sohn zu betreuen. Als sie wieder arbeiten ging, kam der Kleine in die Kita. Er gewöhnte sich schnell ein. Das Spielen mit anderen Kindern machte ihm sichtlich Spaß. Am meisten liebte er es, draußen mit dem Dreirad zu fahren. Drinnen, im Spielzimmer, schaute sich dein zweiter Enkel gern Bücher an, Roman, oder spielte mit dem großen Holzauto.

Deshalb konnte Juliane beruhigt ihrer Arbeit nachgehen.

Nach und nach schlich sich Alltag in die Beziehung von Juliane und Diethelm ein. Der junge Mann hatte es sich angewöhnt, stumm, ohne ihr zu sagen, wohin er ging, am Abend das

Haus zu verlassen und erst spät in der Nacht zurückzukehren. Meistens hatte er sich einen Anzug, ein gutes Hemd und einen Schlips angezogen. Ging er zu einer anderen Frau? Er nahm sich aus allem heraus, redete nicht mehr mit ihr. Schwieg alles in sich hinein. Diethelm hatte sich das hinterste Zimmer der Wohnung als Schlaf- und Arbeitsmöglichkeit hergerichtet.

Juliane, deine Tochter, klopfte mit pochendem Herzen an seine Tür und sagte: „Du bindest mich. Mit deinem Schweigen, Diethelm, nimmst du mich mit in deine Einsamkeit. Da gehöre ich nicht hin. Das kenne ich zur Genüge. Gib mir meine Freiheit wieder. Ich kann so nicht leben. Merkst du nicht, wie unsere Familie langsam zerbricht?"

Diethelm schüttelte den Kopf, pustete Luft aus und sagte: „Ich habe mir Illusionen gemacht."

Juliane entgegnete: „Was meinst du damit?"

Doch Diethelm sagte kein Wort mehr.

Juliane drehte sich um und ging in die Küche, um für sich und die Kinder Mittagessen zu kochen.

Auch nach der räumlichen Trennung von Diethelm holte er seinen Sohn regelmäßig zu sich, um Zeit mit ihm zu verbringen.

Roman, bis zu dem Tag, an dem nichts mehr wie vorher war. Diethelm sagte eines Tages zu Juliane: „Ich bin sehr krank. Eine Herzoperation ist notwendig geworden. Ich bekomme eine neue Herzklappe. Deshalb kann ich Sebastian einige Zeit nicht zu mir nehmen."

Diethelm überstand den Eingriff nicht und verstarb. Juliane musste seine Wohnung auflösen und die Beerdigung organisieren. Er hatte sonst keine Angehörigen. Sie versank, genauso wie der fünfzehnjährige Sebastian, in Traurigkeit. Dort, wo einmal Liebe war, ist auch Trauer. Roman, deine Tochter hatte tiefe und ehrliche Gefühle!

XXVI

Juliane schrieb mir weiter, sichtlich emotional aufgewühlt. Das erkannte ich an ihrer Schrift:

Vater Roman, dein siebzigster Geburtstag. Neunzehnhundertzweiundneunzig. Sonntag.

Juliane wusste es noch genau. Sebastian saß warm eingepackt im Kinderwagen. Christian trug nah an seinem Körper eine Plakatrolle. Zu dritt hatten sie dir eine Geschichte geschrieben. Dazu auf ein A3-Blatt echte, bunte Blüten und Blätter geklebt. Es war ihre Lebensgeschichte zum Nachdenken und Anteilnehmen für dich, Roman.

Juliane stemmte sich, indem sie den Kinderwagen schob, mit aller Kraft energisch gegen den stürmisch aufkommenden Wind und den einsetzenden Regen. Ein flüchtiger Gedanke nur, zwei Sekunden lang.

Onkel Wilhelm und Tante Ingrid waren mit beiden Cousins gekommen. Alle wollten feiern. Juliane kam zum Gratulieren. Doch es war zwei Stunden zu spät. Die eilig herbeigerufene Notärztin konnte nur noch den Tod von dir feststellen. Herzinfarkt. Es war für alles zu spät.

Kein Wort mehr. Keine Hoffnung mehr auf Verständigung mit dir, Roman.

XXVII

Das konntest du nun alles nicht mehr mitbekommen:

Juliane half Marlies bei allen Sterbeangelegenheiten, stand ihr zur Seite. Verhandelte mit dem Institut, schrieb alle Briefkarten, bereitete die Trauerfeier vor. Marlies trauerte und war unfähig, einen Handgriff zu erledigen. Juliane funktionierte wie ein Rad, das Sand ins Getriebe bekommen hatte. Die *„westdeutsche"* Familie blieb bis zur Beerdigung da.

Juliane stand an deinem offenen Grab. Leise sprach sie die Sätze vor sich hin, als wäre es ein Versprechen:

am grab

ach, väterchen, in mir bricht frost.
die wunde heilt nicht zu.
auf meinen wegen such ich trost
und finde keine ruh.

mein licht verliert an kraft
zum fröhlichsein im hier.
die trauer hält die macht
und steht hoch über mir.

das wäre nicht dein sinn,
sollt leben wie ich kann.
ich bleibe wer ich bin
und halte mich daran.

Roman, wie sehr hatte sich Juliane gewünscht, von dir so angenommen zu werden wie sie war, einfach sie selbst und nicht dein Vorzeigeobjekt, bei aller Liebe.

Juliane ging nie wieder auf den Friedhof zum Grab. Sie stellte Fotos in ihrer Wohnung auf und hängte die Grafik des Malers Karl-Erich Müller an die Wand. Diese zeigte dein Porträt. Darunter stand „Buchhändler" und dein Name: Roman Willer.

Fünfundzwanzig Jahre später löste Juliane die gesamte Familiengrabstelle auf. Oma Margarethe, dich, Marlies und auch Diethelm hatte sie darin begraben lassen.

Ohne Hilfe von einem älteren, guten Freund von dir, Roman, hätte sie das nicht geschafft. Mental nicht, organisatorisch nicht. Zum letzten Mal hielt sie dir, nach deinem Tod, eine Rede. Ließ dein Leben in der Familie Revue passieren. Stellte die inneren Verbindungen zu deinen Enkelkindern her.

Juliane weinte die letzten Tränen um dich. Nahm endgültig Abschied von diesem Friedhof.

Brief in den Himmel an Marlies Willer, Stiefmutter

I

Wenn Juliane an dich, Marlies, dachte, gab es ein Davor und ein Danach. Die Grenze: Der Umzug in die Großstadt und die Hochzeit, die das Danach markierten. Die Zeit davor kam Juliane vor, als hätte sie wundervoll geträumt. Was war nur mit ihrer Tante Marlies geschehen? Binnen weniger Monate fühlte sich das Mädchen wieder in dunkelste Zeiten ihrer frühen Kindheit zurückversetzt.

Das Danach setzte sich fest wie ein großer Felsbrocken auf Julianes Brust. Einschneidend wie ein scharfes Schwert in ihre Seele, fühlten sich die Veränderungen an.

Julianes Seele zu quälen hat dir Spaß gemacht.
Sie zu brechen war dein Ziel Tag und Nacht.

Sie ist vor dir geflohen, nur weg wollte sie.
Gutes erwarten - das gab es nie.

Du hast oft ihr Leben bedroht.
Freunde halfen ihr dann in der Not.

Fast zwanzig Jahre lebst du nicht mehr,
nicht eine Träne hat sie deshalb geweint bisher.

In den Februarferien Neunzehnhundertfünfundsiebzig fand der gemeinsame Umzug ins größte Neubaugebiet der Bezirksstadt statt. Ein Möbelwagen kam aus Pretzsch mit dir und deiner Mutter, Oma Margarethe. Ein zweiter fuhr mit Juliane und ihrem Vater heran. Damals war Juliane zehn. So schrieb sie es in ihren Aufzeichnungen.

Sie erinnerte sich, dass sie als Erstes ihren Schreibtisch einräumen wollte. Die Möbel waren schnell aufgestellt. Erst etwas später erwartete die

Familie die neuen für die Stube aus dem Geschäft. Du meintest, das Mädchen sollte mit dem Einräumen warten bis DU Zeit hast: „Ich sage dir, wie du was einräumen musst." Doch Juliane war schneller und hatte alles ruckzuck erledigt. Ordentlich nach ihrem Gespür mit ihrem Selbstvertrauen. Das hätte dich doch freuen müssen.

Am Abend musste sie alles wieder auspacken und nach deinem Ordnungssinn einräumen.

In der Schule fehlten ihr ihre vertrauten Klassenkameraden und Fächer wie Nadelarbeit und Schulgarten. Auch vermisste sie ihr Schwimmtraining. Die Lehrerin beurteilte das Kind auf dem vierten Jahreszeugnis wie eine mittelmäßige Durchschnittsschülerin. „Juliane konnte ihre sehr guten Vorleistungen nicht bestätigen", schrieb sie. Sie hatte nur Zweien und Einsen, trotzdem traute sie sich kaum nachhause. Vater reagierte verständnisvoll: „Das ist die Eingewöhnungsphase."

II

Deine Mutter, Oma Margarethe, bezog das kleine Zimmer neben Juliane, neun Quadratmeter groß. Ein Bett stand am Fenster, davor ein kleiner runder Tisch mit zwei Sesseln. Der Kleiderschrank befand sich an der Wand gegenüber der Tür.

Oma schenkte ihr für ihr Zeugnis fünfzig Pfennig für den Rummel.

Wenn niemand von den Eltern zuhause war, lachten sie unbeschwert wie zwei, die nichts trennen konnte, über ihr gemeinsames Früher. Dabei ließen sie das damalige *„Lachkabinett"* wieder aufleben. Ihre kindliche, glückliche Welt schien in Ordnung wie der natürliche Lauf der Jahreszeiten.

Als sie in die fünfte Klasse kam, wurde das Mädchen besser in der Schule. Du fingst an, in der gleichen Schule als Englischlehrerin zu arbeiten.

An ihrem Schreibtisch erinnerte sich Juliane an viele Einzelheiten und schrieb alles nieder.

Ihre Oma saß fast immer oben an der Tür im Hochparterre auf einem Stuhl und erwartete Juliane, wenn sie aus der Schule kam. Von weitem winkte diese ihr zu. Die Füße liefen schneller, weil sie sich auf Oma freute wie auf einen Ostseeurlaub.

Mit zwei Freundinnen aus dem Wohnblock spielte Juliane draußen *Schangeln* mit Pfennigen an die Hauswand, Ballschießen und Lehmkugelweitwurf mit Glasfiberstäben, die die Bauarbeiter liegengelassen hatten. In den kalten Jahreszeiten stellte sie in ihrer Puppenküche Zuckerbonbons her. Sie baute sich unter ihrem Tisch eine Bude aus Decken. Ihre Lieblingspuppe hatte lange, blonde Haare und hieß Angela. Bezüglich materieller Dinge fehlte es dem Kind an Nichts.

Oft seufzte Oma Margarethe: „Ich vermisse mein Dorf und meine Freunde. Einen alten Baum verpflanzt man nicht." Juliane entgegnete ihr: „Aber dafür hast du doch jetzt mich." Dann strich Oma ihr übers Haar und holte wieder tief Luft.

Eines Nachts hörte Juliane ein lautes Poltern, als würde es in einer Holzkiste rumpeln. Es kam von nebenan. Sie weckte dich und ihren Vater. Oma war gestürzt. Sie hatte sich den Oberschenkelhals gebrochen. Davon erholte sie sich nicht mehr. „Sie will gehen. Du bist versorgt durch mich", sagte dein Mann zu dir.

Der Tod von Oma Margarethe traf Juliane heftig wie ein Orkan. Sie trauerte um ihre geliebte Oma. Ging in ihr Zimmer und setzte sich auf Omas Bett. Es roch noch so wie die ältere Dame. Juliane konnte kaum verstehen, dass sie nun für immer weg sein sollte. Warum redeten ihre Eltern nicht mit ihr darüber, ließen sie mit ihren Gefühlen allein? Das konnte sich das Mädchen nicht erklären. Juliane stellte sich vor, Oma würde im Himmel auf einer Schaukel sitzen und zu ihr heruntersehen wie eine gerechte Königin.

Juliane dachte lange nach, saß an ihrem Tisch und holte die schönen Augenblicke mit Oma hervor: Ihr lautes, fröhliches Lachen, ihre Kittelschürze, die sie auch nach dem Umzug täglich trug und ihre Sorbit-Bonbons, die sie Juliane schenkte. Deine Mutter war Diabetikerin und durfte nur diese Süßigkeit essen.

III

Juliane wurde Elf. Du trugst ihr Haushaltspflichten auf: „Ein Mädchen in deinem Alter muss helfen." Das sah sie ein. Du zeigtest ihr aber nicht, wie sie was zu machen hatte. Ihr Scheitern war vorprogrammiert. Du gabst Anweisungen: „Wisch dein Zimmer! Im Bad steht der Eimer mit dem Lappen! Trockne das Geschirr ab! Bevor du raus darfst, musst du Staub wischen. Vergiss die Stube nicht!"

Sein Zimmer wischte das Mädchen zu nass. Das Besteck legte es falsch in den Schrank. Erledigte es etwas deiner Meinung nach nicht richtig, musste es alles noch einmal machen.

Ihr Vater hatte Juliane früher stets gelobt, wenn sie freiwillig Haushaltsaufgaben übernahm. Dabei spielte es keine Rolle, ob alles bestens erledigt war. Juliane zeigte Fleiß. Das genügte.

Sie beschwerte sich bei ihm über diese scheinbar ungerechte Behandlung. Er verwies Juliane an dich.

Dein Roman lebte ausschließlich für seinen Dienst in der Buchhandlung. Wie wichtig diese Arbeit nicht nur für ihn war, verstand Juliane als Kind in diesen jungen Jahren noch nicht.

Litt sie an einem Denkfehler? Sie hatte sich arglos darauf eingestellt und gefreut, dass zwei Erwachsene liebevoll für sie da sein werden. Aber nun übertrug ihr Vater sämtliche Erziehungsaufgaben dir allein. Hatte Juliane damit ihren natürlichen Schutz verloren?

Mit Sätzen, wie: „Hier bestimme ich allein" und „Das kannst du machen, wenn du groß bist", zeigtest du ihr ihre Grenzen. Juliane verzog sich oft zum Spielen in ihr Zimmer als sicheren Ort. Dachte sie.

IV

An einem Sommertag wollte Juliane mit anderen Kindern nach der Schule mit dem Rad zum Baden fahren. Doch sie fand den Inhalt ihres Kleiderschrankes auf dem Boden verteilt. Du sagtest zu ihr: „Du räumst erst alles wieder ein, so, wie ich dir das jetzt sage." Der Schrank war nach der Erfahrung ihrer zwölf Jahre geordnet. Sie kam zurecht.

Rasend vor Wut holte sie ein größeres Netz, stopfte schnell das, was sie mit zwei Händen greifen konnte, hinein, stürmte an der Frau vorbei und warf das volle Netz wie stinkenden Abfall in den nächsten Müllcontainer.

Es tat ihr nur um ein Kleidungsstück leid: Der „*Ostfriesennerz*", eine gelbe Regenjacke. Er war ein Geschenk von Tante Ingrid und Onkel Wilhelm zu ihrem Geburtstag.

Inzwischen vollendetest du DEIN Werk. Voller Entsetzen fand das Mädchen jetzt auch den Inhalt ihres Spiele-Schrankes auf der Erde. Figuren kullerten durcheinander, wie vom Wind verweht. Juliane brüllte dich an: „Geh weg, geh einfach wieder weg - für immer." Du machtest mit einem breiten Grinsen die Tür hinter dir zu und drehtest den Schlüssel um. Juliane war gefangen.

Draußen schien unschuldig heiß die Sonne vom blauen Himmel. Juliane schrie und hämmerte mit den Fäusten gegen die Tür. „Mach sofort wieder auf!!!" Von draußen drang Hohn an ihre Ohren: „Wenn du aufgeräumt hast, lasse ich dich wieder raus!"

Sie heulte und schluchzte. Aber das nützte ihr nichts.

Das Kind bekam Hunger und Durst. Dafür etwas zu fordern, verbot ihm der letzte Rest Stolz, der ihm geblieben war.

Neue Strategie: Sich ruhig zu verhalten wie ein See in absoluter Windstille.

Ihre Hoffnung hieß Vater. Er kam jeden Tag um achtzehn Uhr dreißig von der Arbeit. Weil du Juliane eingeschlossen hattest, hegte sie die Ahnung, du würdest sie dann wieder rauslassen.

Nachdem ihr Vater gekommen war, riefst du sie zum Abendbrot. Du behauptetest, als Juliane sich beklagen wollte: „Sie übertreibt. Ich will ihr Ordnung beibringen." Dein Mann schaute seine Tochter hilflos an. Er glaubte dir, Marlies, jedes Wort.

Juliane fühlte sich verloren. Redete nicht mehr, resignierte traurig gegenüber der Übermacht von dir, die sie wie heftig prasselnden, nicht enden wollenden Hagel wahrnahm.

Du hattest ihr nicht nur den Nachmittag verdorben, Juliane litt.

V

Marlies, ab dieser Zeit war Juliane nicht mehr dazu in der Lage, mit dir als ihrer Stiefmutter und ihrem Vater direkt zu sprechen. Ängste und Spannungen verhinderten dies.

Juliane begann, nachts einzunässen. Du beschimpftest sie: „Geh vor dem Schlafen auf die Toilette. Dann passiert dir das nicht." Dabei schlugst du ihr das nasse Laken um die Ohren.

Sie bekam eine Gummiunterlage. Denn Juliane nässte fast immer ein.

Gedanken, warum ihr das als Zwölfjährige geschah, machtest du dir, Marlies, offensichtlich nicht.

Niemand da, dem sie sich anvertrauen konnte. Ihr einziger Trost: Das Tagebuch. Sie erfand eine Freundin, der sie schriftlich ihr Leid klagte.

Das waren der Anfang des Nachdenkens und der Beginn von Julianes Schreiben. Sie griff zur Selbsthilfe, ohne zu wissen, dass es das sogenannte therapeutische Schreiben gab.

Nebenbei schrieb Juliane zwei Romane. Sie träumte sich zeitgleich auf eine Robinson-Insel und in den Weltraum. Diese Schriftstücke zeigte sie Herrn Müller, ihrem Chemielehrer. Über sein Urteil: „Entwicklungsfähig. Mach mal so weiter. Dass du Talent hast, merke ich", freute sich deine Stieftochter. Es bestärkte sie, ihren Stil, Lesen und Schreiben miteinander zu verbinden, weiterhin beizubehalten. Dieser wurde ihr Hobby.

Das Mädchen schenkte dir, Marlies, die zwei Romane zum Weihnachtsfest. Nach den Feiertagen gabst du, Marlies, Juliane das Geschrieben mit den Worten: „Denke nicht, dass du uns damit beeindrucken kannst!" zurück.

VI

Mit Beginn der siebten Klasse in der POS (Polytechnische Oberschule) wurdest du Julianes Englischlehrerin. War sie dran mit der Meldung: „Frau Willer, die Klasse ist zum Unterricht bereit", stand sie vorn neben dir und lachte. Denn es war komisch für sie, dich mit „Sie" ansprechen zu müssen. Du schicktest deine Stieftochter vor die Tür. Sie durfte erst wieder rein, wenn du es erlaubtest. Dann nahmst du, Marlies, sie mit dem Unterrichtsstoff dran, der eben behandelt worden war. Sie bekam eine schlechte Note. Denn Juliane hatte den verpasst durch ihre Türsteherei. Aus dieser Erfahrung heraus lernte sie den zukünftigen Unterrichtsstoff im Voraus.

In den Pausen geschah es oft, dass im Klassenraum nasse Schwämme durch die Gegend flogen. Es war laut, und manche Schüler gingen *über Tische und Bänke* und kloppten sich wie Preisboxer. Das war Juliane zu doof.

Sie langweilte sich in der Schule. Ihre Hausaufgaben erledigte sie in den Pausen, blieb ruhig sitzen. Du bekamst das in einer Vertretungsstunde mit, gabst der Klassenlehrerin den entscheidenden Hinweis. Sie schrieb Juliane einen Tadel deswegen in deren Hausaufgabenheft: „Juliane erledigt während der Pausenzeiten ihre Hausaufgaben. Diese soll sie zuhause machen. Dafür sind Hausaufgaben da." Das musste Vater unterschreiben. Er wirkte traurig: „Was hast du dir bloß dabei gedacht?", fragte er. Er redete nicht mit ihr, wendete sich von ihr ab, als hätte sie eine Straftat begangen.

Juliane fragte sich: Hatte sie ihren Vater verloren an dich? Sie kam einfach nicht mehr an ihn heran, wenn sie mal mit ihm allein reden wollte. Jeder Versuch scheiterte. Dein Mann sagte: „Wenn es etwas zu bereden gibt, dann wende dich an Marlies. Sie regelt alles, was die Schule und dich betrifft." Ihr zwei stelltet euch wie ein Bollwerk gegen Juliane. Sie hatte das Gefühl: Nichts konnte sie richtig machen.

VII

In der Klasse hatte Juliane als Dreizehnjährige ihren ersten, festen Freund, Mark. Es bildete sich eine Clique von fünf Jungen und fünf Mädchen, die *miteinander gingen*.

Juliane sagte: „Wollen wir einen Jugendklub gründen? Dafür brauchen wir einen Raum, den wir gestalten können. Dann müssen wir uns nicht mehr draußen bei Wind und Wetter auf dem Spielplatz treffen."

Du hattest ein Gespräch zwischen Juliane und ihrer Freundin gehört. Du unterbandest diese Bestrebungen, indem du die Klassenlehrerin informiertest und alle Eltern zum Gespräch in die Schule kommen mussten. Auch Julianes Vater. Die Jugendlichen bekamen einen außerordentlichen Tadel ins Klassenbuch wegen

„negativ orientierter, organisierter Gruppen-
bildung". Das stand dann auch sinngemäß auf
dem Zeugnis von Juliane.

Mit diesem Abschluss und den schlechtesten
Noten eines Jahrganges von ihr mit sechs
Zweien und dem Rest Einsen, musste sich das
junge Mädchen für die Erweiterte Oberschule
(EOS-Abiturstufe) bewerben. Das würde kaum
ausreichen, um auf natürlichem Weg einen Platz
zu erhalten. Mädchen mussten meistens alles
Einsen vorweisen. Bei Jungen reichte es oft,
wenn sie drei Jahre zur Armee gehen wollten.

Zu Juliane sagtest du: „Pädagogik ist für
mich eine Frage der Macht. Entweder behalten
die Schüler oder ich den Kopf."

Julianes Gerechtigkeitssinn rebellierte
erneut. Auch ihre Klassenkameraden zogen sich
von ihr zurück. Weil du als Lehrerin bei der
Benotung besonders die Mitschüler, die mit ihr
befreundet waren, hart bestraftest, wenn sie
Fehler machten. Juliane hatte keine Freunde
mehr.

Sie wusste sich nicht anders zu helfen; Juliane schrieb einen Acht-Seiten-Beschwerde-Brief an die Jugendzeitschrift „*Neues Leben*". Dort gab es einen *Kummerkasten*. Sie schrieb sich alles von der Seele, was sie niederdrückte wie eine Trauerweide im Sturm:

„An materiellen Dingen fehlt es mir an nichts. Ich habe genügend zu essen, mein Zimmer hat eine schöne Einrichtung, und ich bekomme auch Taschengeld. Aber es fehlt mir an Verständnis für meine Ideen und meine Freunde. Nie mache ich was richtig. An allem wird gemeckert. Das geht mir auf die Ketten. Ich bin hier allein unter Erwachsenen, die mich nicht leiden können. Lieber würde ich dorthin gehen, wo ich nicht mehr so allein bin. Ich kann nicht mehr."

Mit diesem Schreiben erhoffte sie sich Antworten, wie sie sich verhalten könnte, ohne weiteren Schaden zu nehmen. Ihren Eltern sagte sie davon nichts.

Juliane erinnerte sich, wie sie zögerte, den Brief in den Kasten zu werfen. Das ging weit übers

Tagebuchschreiben hinaus. Dieses Mal hatte Juliane ihren Kummer und ihr Leiden öffentlich gemacht. Sie hatte nicht nur für sich selbst geschrieben. Sie hatte sehr daran gezweifelt, ob das richtig war und ahnte Unheil. Aber konnte das noch größer werden als das, was sie bisher hatte? Sie wusste es nicht. Aber gar nichts zu unternehmen, war noch schlimmer. Flucht nach vorn. Und abwarten, was passieren würde.

VIII

Doch es geschah Unerwartetes. Es dauerte nicht lange, und du zeigtest Juliane die Adoptionsurkunde. Auf ihren Brief hin hatte sich das Jugendamt eingeschaltet. Dein Mann, der bis dahin das alleinige Sorgerecht für sie inne hatte, verlor es. Es ging mit der Adoption allein an dich über. Weil du Lehrerin warst, wurdest du als die bessere Erzieherin eingeschätzt. Zweimal sagtest du zuvor zu Juliane: „Ich wollte nie ein Kind haben." Hattest du deine Meinung plötzlich geändert? Das passte doch nicht zusammen!

Kurzzeitig dachte das Mädchen, da du nun ihre Mutter nach Recht und Gesetz warst, würden deine Boshaftigkeiten gegen sie aufhören. Sie konnte sich nicht erklären, wieso du im neuen Leben in der Bezirksstadt nicht mehr so lieb und gütig warst, wie sie dich damals als ihre Tante Marlies kennengelernt hatte. Hatte Juliane dich doch lieb gewonnen, umso verwirrender waren für sie die Erlebnisse mit dir. Warst du neidisch und missgünstig auf sie? War das Mädchen klüger und begabter als du selbst?

Offenbar bekam Juliane die Zuneigung ihres Vaters ohne Gegenleistungen. Du jedoch hattest Aufgaben wie Einkaufen, Kochen und Backen und den Haushalt führen. Hinzu kam deine repräsentative Rolle als Ehefrau an der Seite des bekannten Buchhandlungsleiters. Strebtest du, Marlies, nach Macht und Geltung?

Um nicht zuhause sein zu müssen, besuchte Juliane viele Arbeitsgemeinschaften in der Schule am Nachmittag. Es wäre nur eine Pflicht gewesen.

Doch das Mädchen trainierte nicht nur Rhythmische Sportgymnastik, sondern auch alle Wurfdisziplinen in der Leichtathletik. Es spielte Federball und Tischtennis, ging im Winter ins Eisstadion, um sich im Eisschnelllaufen zu verbessern. In den Ferien meldete Juliane sich freiwillig, um die Chemie- und Physikräume aufzuräumen. Als Trainerin der Klassenstufen fünf bis acht in der Gymnastik erreichte sie zur Stadtspartakiade mit ihrer Gruppe den sechsten Platz von zweiunddreißig Schulen. Sie lernte bei ihrem Musiklehrer im Einzelunterricht Gitarre spielen. Im Singeklub konnte sie dadurch die Gruppe musikalisch begleiten. Juliane wünschte sich sehnlichst ein Haustier. Eine Wasserschildkröte sollte es sein. Doch dieser Wunsch erfüllte sich nicht. Sie verstand, dass es nicht ging. Wer sollte sich um ein Tier kümmern, wenn sie selbst oder die ganze Familie unterwegs im Urlaub war?

IX

Im Winterurlaub in der siebenten Klasse lernte Juliane Jana kennen. Sie verstanden sich auf Anhieb, als würden sie sich schon ewig kennen. Jana war zwei Jahre älter, also schon neunte Klasse. Sie war im Urlaub mit ihrer Tante und lebte sonst in Torgau. Es folgten Jahre, in denen sich die beiden Mädchen häufig gegenseitig besuchten, ihre Geburtstage feierten, ihre jeweiligen Freunde in der Heimatstadt kennenlernten. Juliane verbrachte einen großen Teil ihrer Ferien in Torgau. Sie verliebte sich vierzehnjährig in den Bruder von Jana und erlebte die Dorfdiskotheken, in denen sie das erste Mal Alkohol trank und Zigaretten rauchte. In diesen Tagen vergaß der Teenager alle Sorgen. Sie tanzten eng umschlungen in der Disko. Zum ersten Mal fühlte sich Juliane wohl, wenn ein Junge sie küsste.

Jonas fuhr mit ihr auf seinem Moped nach der Disko durch die Nacht. Wind wehte durch ihre Haare. In Sommernächten saßen sie mit Jana und deren Freund vor dem großen Haus am Lagerfeuer. Die Eltern von Jana arbeiteten in der LPG (Landwirtschaftliche Produktionsgenossenschaft), der Vater als Vorsitzender, ihre Mutter als Köchin. Mit Jana konnte Juliane über alles reden.

Jana machte Juliane immer wieder Mut wegen dir, Marlies. Sie verstand Juliane und tröstete sie, indem sie sagte: „Bald kannst du wieder zu mir kommen, dann fahren wir Moped. Kannst du auch mal probieren." Juliane sparte für diese Kurzfahrten nach Torgau ihr ganzes Taschengeld. Die beiden jungen Frauen feierten ihre Hochzeiten gemeinsam und besuchten sich, als die ersten Kinder der beiden kamen.

X

Als sie in die achte Klasse kam, lief im Kino der Film „*Sabine Wulff*" nach dem Roman „*Gesucht wird die freundliche Welt*" von Heinz Kruschel, einem beliebten Jugendbuchschreiber. Es blieb das einzige Mal, dass du mit ihr ins Kino gingst.

Im Film drehte es sich um ein junges Mädchen in ihrem Alter, das in den Jugendwerkhof, einer Anstalt für schwererziehbare Jugendliche, dem Jugendgefängnis, kam. Du sagtest zu Juliane: „Sieh dir an, wo du hinkommst, wenn du weiter so machst."

Sie bekam einen Schreck und weinte jeden Abend im Bett vor Angst, denn sie wollte nicht ins Jugendgefängnis.

Aber das Mädchen im Film hatte nicht so gute Zensuren wie Juliane.

Sie wusste, nur Bestleistungen würden sie retten. Am Ende der achten Klasse hatte sie bis auf eine Zwei in Mathe alles Einsen.

Mit Vaters Beziehungen bekam sie den Platz an der *EOS*.

Ebenfalls in dieser Klassenstufe lieh sich Juliane zwei wertvolle, dicke Bücher über Literaturgeschichte in der Stadtbibliothek aus. Das entsprach ihren Interessen. Die Bände waren reich bebildert. Nach vier Wochen wollte das Mädchen die Bücher zurückbringen. Dort, wo sie sie hingelegt hatte, waren sie aber nicht mehr.

Juliane fragte dich: „Hast du meine Bücher gesehen?" Du antwortetest: „Was soll ich mit deinen Büchern?" Dabei zucktest du mit den Schultern und meintest: „Da wirst du die wohl ersetzen müssen, wenn du sie verbummelt hast. Da kriegst du Ärger!"

Juliane trabte mit hängendem Kopf wie eine geknickte Blume zur Bibliothek. Doch sie hatte Glück. Die Bibliothekarin ließ es auf sich beruhen. Passierte so etwas öfter?

Am Ende der achten Klasse erhielten die Schüler und Schülerinnen die *Jugendweihe*. Dieses Fest war etwas wirklich Besonderes. Der Übergang vom Kindsein zum Erwachsenen wurde begangen in Familienfeiern. Zu Julianes Jugendweihe kamen Onkel Wilhelm und Tante Ingrid. Die beiden Cousins brachten dieses Mal ihre Frauen mit.

Juliane musste während der Festveranstaltung den sogenannten *Dank der Jugendweiheteilnehmer* sprechen. Also eine Rede halten. Alle Lehrer und Lehrerinnen sagten, dies wäre eine große Auszeichnung. Juliane sah das anders. Als es soweit war, stolperte sie die Treppe hoch und ein Raunen ging durch den Saal. Viele Menschen lachten. Peinlich.

Mit hochrotem Kopf sprach sie vom *Sieg des Sozialismus* und der *Jugend als Kampfreserve der Partei*. Juliane schämte sich, solches vor ihrer Verwandtschaft zu reden.

Die vier Jahre von der neunten bis zur zwölften Klasse an der neuen Schule hatte Juliane in bester Erinnerung. Sie wurde gefördert und gefordert. Ihre schulischen Leistungen blieben zwischen Eins und Zwei. Das Lernen machte ihr Spaß. Unangekündigte Leistungskontrollen meisterte sie, weil sie dranblieb am Lernen. Die Klasse fand sich langsam ein in die neuen Anforderungen, und viele lernten gemeinsam. Es bildeten sich Zweiergruppierungen. Jeweils zwei Mädchen fanden sich als Freundinnen. In der Freizeit besuchten sie Kinoveranstaltungen, gingen ins Theater oder zur Disko. Juliane hatte lange blonde Haare, war schlank und trug am liebsten Jeans. Ihr hübsches Gesicht mit den funkelnden Augen, dazu ihr freundliches Wesen, machten es ihr leicht, in der Klasse Fuß zu fassen. Sie wurde in die FDJ-Leitung gewählt und für Kultur verantwortlich.

XI

Dachte sie doch, sie wäre dich, Marlies, in ihrem Unterricht los, täuschte sie sich. Du wurdest befördert und Fachberater für alle Englischlehrer in der Stadt und trugst den Titel *Oberlehrerin*. In ihren Unterrichtsstunden hattest du dich im Sprachkabinett eingeschaltet, ohne dass das Mädchen dies bemerkte. Jedoch konntest du nichts Übles anstellen. Sie stand auf Eins in Englisch.

Juliane lernte ihre Freundin Christin kennen. Von jetzt an war sie am Nachmittag nicht mehr zuhause.

Christins Eltern fragten sie: „Für was interessierst du dich am meisten? Sag uns deine Meinung zur Klasse. Gefällt es dir in der neuen Schule?"

Ihre Mutter stärkte ihre Persönlichkeit und baute ihr Selbstbewusstsein auf, indem sie meinte: „Ich lerne dich als liebe, kluge Freundin kennen. Halte gut mit meiner Tochter zusammen."

Die Freundin erzählte Juliane von ihrer Familie:

„Meine Schwester macht viel Handarbeiten. Sie näht gut. Ich kümmere mich mehr um den Einkauf und Haushaltsdinge, bevor meine Eltern von der Arbeit kommen. Jeden Tag hole ich Brötchen und Milch. Sie reden mit uns über alles. Wir können immer zu ihnen kommen und uns mit ihnen austauschen."

Christin und Juliane erledigten ihre Hausaufgaben zusammen, lernten gemeinsam. Christin hatte in allen Fächern Einsen, war Klassenbeste. Verzweifelte fast an Julianes mathematischem *„Schwerverständnis"*. Geduldig erklärte sie die Aufgaben: „Es nützt nichts, wenn du abschreibst. In der Prüfung sitzt du allein und musst es können."

Kurz vor den Prüfungen in der zehnten Klasse waren Christins Eltern in den Urlaub an die Ostsee gefahren. Sie gaben den beiden auf: „Schaut mal im Garten nach dem Rechten." Die Mädchen wollten sich dort einen gemütlichen Tag machen. Sie mussten mit dem Bus fahren. Zu ihrer Versorgung für den längeren Tag buken sie sich Palatschinken (Eierkuchen). Beide packten diese und auch Getränke in einen Rucksack.

Im Garten stellten die zwei Mädchen fest, dass alle Erdbeeren auf einmal reif waren. Sollten sie nicht vergammeln, mussten sie sie ernten. Die Körbe mit den Früchten stellten sie auf einen klapprigen Handwagen und wollten abends mit dem Bus zurück.

Der Busfahrer schüttelte den Kopf: „Den Wagen könnt ihr nicht die Stufen zu den Sitzen hinauftragen. Ich nehme euch nicht mit." Sie mussten die Strecke, kilometerlang unter gleißender Sonne, laufen. Fühlten sich wie fast

Verdurstende. Hatten vergessen, Selters mitzunehmen und aßen deshalb unterwegs Erdbeeren. Was nun mit den vielen Früchten? Sie brachten sie zum Ankauf in die Kaufhalle und bekamen etwas Geld. Das teilten sie sich. Christin nahm ein Körbchen mit an die Ostsee, als sie ihre Eltern dort besuchte.

Stolz erfüllte Juliane wegen ihrer Eins in Mathematik auf dem Zeugnis: „Warum kann der Lehrer mir das nicht so erklären wie du?", fragte sie ihre Freundin.

Sie beide verbrachten ihre Freizeit miteinander und wurden unzertrennlich wie ein rechter und ein linker Latsch.

Christin spielte Handball. Juliane fuhr an manchen Wochenenden als Fan der Mannschaft öfter mit zu Auswärtsspielen.

Sie selbst trainierte Rhythmische Sportgymnastik, sang im Singeklub und betreute eine Pioniergruppe.

Deine Stieftochter und Christin saßen vier Jahre nebeneinander. Juliane sagte zu ihrer Freundin: „Wir sind verschieden vom Temperament her, streiten uns jedoch niemals. Solch eine Freundschaft ist ein Geschenk für immer."

Juliane blieb dieser Familie auch weit über die Schule hinaus dankbar und liebevoll verbunden. Christin wurde ihre beste Freundin in allen Lebenslagen. Sie hielt immer zu Juliane, gab ihr guten Rat. Half mit Materiellem und Taten.

Als Juliane in ihrer „*Wohnhöhle*" lebte, kam Christin mit ihrem Moped, holte die Bettwäsche ab und brachte sie ihr getrocknet zurück. Julianes und Christins Kontakte beschränkten sich nicht nur auf das Notwendige, sondern es fanden auch Feiern von Geburtstagen statt. Juliane dachte daran, dass der Mann von Christin sie genauso akzeptierte: Als beste Freundin der Familie. Aber auch Christin legte Wert auf Julianes Meinung und lernte vor allem von ihr, wie man Konflikte lösen kann.

XII

Marlies, einen Hilfeschrei kannst du aber nicht vergessen haben!

Eines Abends kam Juliane im Winter halb neun vom Training. Plötzlich griff ihr ein Mann von hinten an beide Brüste gleichzeitig. Sie drehte sich um, sah in tiefbraune Augen. Der Mann war so groß wie sie und hatte pechschwarze Haare. Sie schrie und brüllte vor Todesschreck aus Leibeskräften in die Nacht. Rannte nachhause, immer noch schreiend wie ein angestochenes Tier.

Niemand der Passanten half ihr. Du zweifeltest ihre Aussage an, obwohl sie sich kaum beruhigen konnte. Juliane wirkte aufgeregt, als hätte sie den Leibhaftigen persönlich gesehen. Am nächsten Tag gingst du mit ihr zur Polizei. Juliane und du stelltet Anzeige gegen unbekannt. Erwartungsgemäß verlief diese erfolglos.

XIII

Juliane fuhr nicht mehr mit in die Sommer- und Winterfamilienurlaube. Stattdessen ging sie in die Bibliothek, um Bücher zu putzen und sich Geld zu verdienen. Am Nachmittag und Abend, wenn sie allein war, las sie sich durch euren Bücherschrank. Ihr hattet ihr verboten, sich daraus zu bedienen. Das interessierte die Heranwachsende nicht. Sie legte die Exemplare genau wieder so hin, wie sie sie vorgefunden hatte.

Juliane las von Stendal „Rot und Schwarz", von Martin Anderson Nexö „Ditte Menschenkind", von Louis Paul Boon „Die Jesses-Mädchen" und fast alle Werke von Hermann Hesse. Später kaufte sie sich seine Biografie vom Taschengeld.

XIV

Was Juliane auch ihrem Ehemann neunzehn Jahre nicht erzählt hatte, musste sie dir jetzt schreiben:

An den Wochenenden während eurer Urlaube ging sie zur Disko in einen Vorort. Einmal brachte sie ein fremder Mann nachhause. Das erschien ihr sicherer, als allein nachts durch die Stadt zu laufen.

Doch er drängte sie in den Wohnungsflur. Übermächtige Angst schnürte ihr fest den Hals zu. Sie konnte nicht um Hilfe schreien. Obwohl sie immer wieder „Nein!", „Nein!", „Nicht!" rief, ließ er nicht von ihr ab. Der Mann drückte keuchend ihre Beine auseinander. Sie ließ alles geschehen. Sie war Fünfzehn. Das war ihr erstes Erlebnis mit einem Mann.

Juliane schämte sich abgrundtief. Sie fühlte sich so schmutzig, als hätte sie in einem Moorbad gelegen. Langes Duschen half nicht. Sie gab sich die Schuld wegen ihres Leichtsinnes und ihrer Naivität. Niemandem erzählte das Mädchen davon. Auch Christin nicht.

Juliane fühlte, sie brauchte Hilfe. Woher sollte diese kommen?

XV

Juliane kam auf die Idee, sechzehnjährig, mit Schlaftabletten zu experimentieren. Diese besorgte sie sich mit Lügen aus der Apotheke.

Erzählt hatte sie es dir nie: An einem Freitag nahm sie zwei Hände voll, sechsundzwanzig Stück. Sie wollte sich nicht umbringen. Ihr solltet einen Arzt holen, damit sie mal mit jemand anderen reden konnte.

Sie schlief drei Tage und drei Nächte. Als die Jugendliche wieder wach wurde, wusste sie zuerst nicht, wo sie sich befand. Doch sie lag immer noch in ihrem Bett. Traurig und völlig enttäuscht, packte sie Montagnacht ihre Schultasche und ging im Morgengrauen. Ihr war schlecht, sie hatte weder gegessen noch getrunken.

Jetzt wusste sie, selbst wenn sie gestorben wäre, es hätte niemanden interessiert. Denn der Vorfall wurde mit keinem Wort von Vater und dir, Marlies, erwähnt.

So musste Juliane denken. Erst Neunzehnhundertzweiundneunzig fragte sie dich, was ihr in den Tagen ihres langen Schlafes gemacht hattet. Du sagtest zu ihr: „Dein Vater meinte, wir müssen den Arzt holen. Ich sagte: ‚Die lassen wir liegen.‘" Dabei sahst du Juliane abwertend an wie einen alten, verschlissenen und abgewetzten Mantel.

Christin sagte zu Juliane in der Schule: „Ich hatte mir Sorgen gemacht und bei dir geklingelt. Deine Stiefmutter wies mich ab: ‚Alles in Ordnung, sie ruht sich aus.‘"

XVI

Fast jeden Abend während ihrer Schulzeit trafen sich beide Mädchen, um abends nach dem Abendbrot spazieren zu gehen.

Es war im September der elften Klasse. Juliane rief ihrem Vater zu: „Ich gehe jetzt." Er schaute die Nachrichten im Fernsehen.

Roman rief ihr hinterher: „Wenn es dir auf der Straße besser gefällt, dann bleib doch dort!"

Entsetzt stolperte Juliane aus der Tür. Tränen rannen ihr übers Gesicht. Sie stand am Treppenabsatz. Da bog Christin um die Ecke. Juliane erzählte Christin von dieser Kränkung und den vielen anderen in ihrem Leben. „Dass du es schwer hattest, wusste ich. Aber es ist viel schlimmer, als ich dachte", sagte sie traurig.

Als Juliane zurückkam und wieder in die Wohnung wollte, merkte sie, dass sie ihren Schlüssel vergessen hatte. Sie musste klingeln. Marlies öffnete ihr: „Ach, die Rumtreiberin ist wieder da!" Juliane wollte in ihr Zimmer gehen, doch Marlies rief ihr hinterher: „Vergisst du deinen Schlüssel nochmal, bleibt diese Tür hier für dich zu. Merke dir das!"

Beiden Mädchen half das Gitarrespielen. Juliane vertonte das Gedicht von Hermann Hesse *Im*

Nebel und sang es auch in der Schule zu Auftritten. Das brachte Ärger, denn die Literatur von Hermann Hesse stand bis zum Abitur nicht auf dem Lehrplan. Das Kulturprogramm der Klasse wurde anstelle als Erstes - als Letztes eingestuft. Doch die Klasse hielt zu Juliane. Das Lied fanden die meisten Mitschüler gut.

Christin und Juliane zogen die Eltern von Christin ins Vertrauen. Diese redeten mit dir, Marlies und deinem Mann. Du sprachst stehend vorwurfsvoll: „Ich weiß nicht, wieso sie sich in die Erziehung meiner Tochter einmischen. Das ist allein meine Sache." Christins Eltern saßen auf der Couch von Willers wie Angeklagte.

Was nun? Juliane fühlte sich zuhause allein. Geschwister, Cousinen und Tanten fehlten für vertraute Gespräche. Keine Bezugsperson in Sicht. Was sollte sie machen? Etwas völlig anderes?

XVII

Juliane lernte Sven während der Disko kennen. Er war zwei Jahre älter als sie und Lehrling im Metallberuf. Der junge Mann verliebte sich in sie. Beide verbrachten einen unbeschwerten Sommer. Bis sie merkte, ihre Regel blieb aus. Einen Monat, einen zweiten. Sie war noch nie beim Frauenarzt gewesen und ging in die Zentralpoliklinik.

Der Arzt meinte: „Das wird wohl eine Schwangerschaft sein." Gleich stellte er der jungen Frau die folgende Frage: „Wollen Sie das Kind behalten?" Juliane dachte: ‚Wenn das Kind auf der Welt ist, na klar, will ich es dann behalten!' Warum fragte der Arzt das? Meinte er etwas anderes? Juliane wusste um so manche abgebrochene Schwangerschaft. Was meinte der Arzt? Seltsam, dass der Doktor so tat, als würde er Juliane kennen. Juliane wunderte sich und konnte sich das nicht erklären. Ohne lange darüber nachzudenken sagte sie: „Ja, unbedingt will ich das Kind behalten." Sie bekam einen Schwangeren-Ausweis. Neunte Woche.

Als die junge Frau wieder draußen war, ging sie auf den Wochenmarkt und holte sich ein Fischbrötchen und einen kleinen Kaffee, der ihr schmeckte wie lauwarmes Wasser. Marlies, eure Tochter überdachte ihre Situation: ‚Schade, dass ich diese Entscheidung ohne meine Christin fällen musste. Ob sie mir auch jetzt helfen würde?' Juliane hatte sich nur eine Stunde wegen des Arzttermins freistellen lassen. Sie ging in die Schule zurück und weihte ihre Freundin ein. Diese sagte: „Ich glaube das erst, wenn das Kind da ist." So unvorstellbar war dieser neue Umstand auch für sie.

Zuhause zeigte Juliane dir und Roman die *„Mitteilung über eine Schwangerschaft für die Eltern"*, weil sie Siebzehn und minderjährig war. Du sagtest zu ihr: „Sieh zu, wie du jetzt klarkommst." Juliane hatte nichts anderes erwartet. Ihr Vater hatte die Abtreibungserklärung unterschrieben: „Dieses

Schreiben nimmst du mit zu deinem Arzt!",
forderte er von ihr. Juliane zerriss das Papier vor
euren Augen und rannte mit Tränen zu ihrer
Schulfreundin Christin und ihren Eltern, die
damals nur fünf Gehminuten weit weg wohnten.
Dort überlegten sie gemeinsam. Der
Entbindungstermin lag genau zwischen den
mündlichen und schriftlichen Abiturprüfungen.
Wenn alles gut ging, könnte sie wie die anderen
ihr Abi machen. Juliane blieb hochmotiviert wie
eine Olympiateilnehmerin und fehlte nicht einen
einzigen Tag in der Schule.

Sie war im dritten Monat, und Sven musste
für eineinhalb Jahre zur Armee: „Ob du das
Kind bekommst, musst du selbst wissen",
überließ er ihr die Entscheidung.

XVIII

Juliane ging zu ihrem Klassenlehrer, Herrn
Lippe, ins Lehrerzimmer. Sie sagte: „Ich wollte
Ihnen mitteilen, dass ich schwanger bin. Ich
erwarte ein Kind." Herr Lippe verdrehte die

Augen, schlug mit der flachen Hand auf den Tisch und schrie fast: „Musste das sein?!" Juliane stand wortlos auf und ging aus dem Raum. Sie dachte: ‚Irgendetwas hatte ich richtig gemacht.'

Die Klassenkameraden brachten ihr Gemüse aus der Innenstadt mit. Legten es früh auf ihren Platz. Die Schule wurde für das Mädchen zu einer Oase der Erholung.

Im Oktober in der zwölften Klasse wurden in Biologie die Vortragsthemen für das laufende Schuljahr vergeben. Juliane sicherte sich: „*Verhütung, Schwangerschaft und Geburt*". Als die Zeit herankam, stand Juliane im neunten Monat vor ihrer Klasse und referierte lachend: „Viele Lehrer und Lehrerinnen hatten mich gefragt, wieso das passieren konnte. Ich hatte nicht verhütet. Mein Partner fragte auch nicht danach. Mein Baby ist ein ausgesprochenes Wunschkind. Es kommt nur vier Monate eher als ich gedacht hatte."

Deine Tochter ging zum Vorbereitungskurs auf die Geburt, denn sie hatte noch nie ein Baby im Arm gehalten.

Marlies, von ihrem Spargeld kaufte sie Kleidung für das Kleine. Den Kinderwagen bezahltest du mit Julianes Vater. In Omas ehemaligem Zimmer richtete Juliane das Babynest ein. Sie freute sich, dass sie in Ruhe alles für ihr Kind vorbereiten konnte. Dachtet ihr jetzt anders? Hatte euch das nicht gerührt?

Juliane sagte zu dir und ihrem Vater: „Könnt ihr euch auf euer Enkelkind freuen, auch, wenn es nicht in die Zeit passt?" Du sagtest: „Wir finden uns jetzt damit ab. Aber das musst du allein schaffen. Bald kommt Sven von der Armee, dann könnt ihr heiraten und eine Wohnung bekommen."

Heiraten - mit diesem Thema hatte sie sich nicht beschäftigt. Sie wollte leben und nicht gelebt werden.

Juliane bereitete sich auf ihre neue Rolle als Mutter vor: Etwas zu geben und zu sein, dass sie selbst zuhause nicht erfahren hatte. Es schien leicht: Musste konsequent nur das Gegenteil von dem machen, wie sie von dir und Ilse erzogen worden war.

Juliane hatte oft von den Lehrern und den Lehrerinnen gelernt. Denn sie selbst wollte lange Zeit ebenso Pädagogin werden. Schaute sich am lebendigen Beispiel an, wie sie Konflikte mit Schülern und Schülerinnen lösen könnte, wie der Unterrichtsstoff am effektivsten vermittelt werden konnte, und welche Lehrer besonders beliebt waren. Sie wollte sich in der Bezirksstadt bewerben. Doch es war ein logopädisches Gutachten dafür notwendig. Die Stimme wurde geprüft. Das war der sogenannte Schreitest. Konnte man sehr laut und langanhaltend schreien, gab es das Gutachten mit positivem Bescheid. Doch Juliane fiel dreimal durch. Und das, obwohl sie laut singen konnte, auf der Bühne oft ohne Mikrofon stand und ihre Stimmfähigkeit bei der Pioniergruppe ausprobieren konnte. Sie verstand die Welt nicht mehr. Hattest DU das angeregt? Du hattest zu Juliane gesagt: „So eine wie du soll keine Lehrerin werden."

Sie wusste keinen anderen Beruf für sich und schob die Berufsentscheidung bis nach der Geburt auf.

XIX

Die Entbindung sollte eine Woche über Termin eingeleitet werden. Der Arzt hatte Juliane gefragt: „Sind Sie einverstanden, dass eine Schwesternschülerin an Ihnen ihre Prüfung macht?" Juliane sagte: „Ja, bin ich." Marlies, Juliane versprach sich davon eine sehr gute Betreuung unter der Geburt. Wer will schon zur Prüfung versagen? Die Entbindung verlief kompliziert. Juliane lag zweiunddreißig Stunden in den Wehen. Schmerzmittel gab es nicht.

Die Schwesternschülerin war nicht zu sehen. Auch nicht, als die Presswehen begannen. Zwei stämmige Schwestern wuchteten sich, eine links, eine rechts, auf Julianes Bauch, um das Kind herauszudrücken. Ein Dammschnitt wurde nicht gemacht. Juliane spürte einen Riss, groß und lang.

Sie brachte völlig entkräftet, halb bewusstlos, ihren gesunden Sohn zur Welt. Gefragt, wie der Name des Kleinen laute, brachte Juliane kaum hörbar mit allerletzter Kraft hervor: „Christian." Eine Hommage an ihre Freundin. Dann wurde es dunkel um Juliane.

Marlies, Juliane wurde unter Vollnarkose wieder zusammengeflickt. Stell dir das mal vor! Das mussten Fleischerhände gewesen sein, so prall und dick war die Narbe.

Als Juliane munter wurde, lag sie allein in einem großen, weiß gestrichenen Raum. War das das Sterbezimmer? Weit weg von ihr am Fenster stand das Babybettchen. Sie rief laut nach ihrem Kind. Eine Schwester stürzte herein. Sie rief den Arzt: „Sie ist wach, schauen Sie doch!" Sie fuhr das Bettchen zu der jungen Mutter heran.

Ein paar Tage später klopfte es an die Tür des Achtbettzimmers, in dem Juliane lag. Eine junge Frau mit einem großen, bunten Blumenstrauß betrat den Raum. „Wer ist Juliane Willer?" fragte sie. Juliane meldete sich. „Ich wollte mich bei

Ihnen entschuldigen. Ich bin die Schwersternschülerin, die an Ihnen ihre Prüfung gemacht hat." Die junge Mutter fragte nach dem Ergebnis. Die Schwesternschülerin meinte: „Eine Vier, sie und das Baby haben beide überlebt. Übrigens soll ich Ihnen sagen, dass Sie erst nachhause dürfen, wenn Sie Stuhlgang hatten. Wir müssen sichergehen, dass die Narbe hält."

Juliane hatte sich schon gewundert. Alle Frauen konnten spätestens am siebten Tag wieder heim. Sie selbst lag nun schon zehn Tage hier.

Am vierzehnten Tag entschloss sie sich zur Lüge und sagte zur Visite: „Ich konnte gestern auf Toilette." ‚Nur noch drei Wochen bis zu den mündlichen Prüfungen', dachte Juliane, ‚sonst schaffe ich das nicht.' Doch Juliane konnte auch zuhause weitere vierzehn Tage nicht zur Toilette gehen und normal Stuhlgang entleeren. Sie krümmte sich vor Schmerzen und konnte kaum noch ihr Baby versorgen. Erst der herbeigerufene Notarzt brachte Hilfe. Er spritze Juliane ein Mittel. Sie war befreit worden.

XX

Der Direktor, Herr Macht, rief bei dir, Marlies, an. Er sagte: „Juliane muss noch ihre Sportprüfung nachholen. Sonst bekommt sie kein Abitur."

Juliane ging selbst zum Direktor und sagte: „Ich bin nicht in der Lage, diese Prüfung zu absolvieren. Die Entbindung ist doch erst zwei Wochen her." Doch Herr Macht blieb hart: „Dann bringen Sie mir ein ärztliches Attest."

Juliane ging zu ihrer ehemaligen Kinderärztin. Sie hatte Glück: „Ich gebe Ihnen das Attest. Aber suchen Sie sich eine neue Ärztin oder einen neuen Arzt."

In Biologie erreichte sie eine Zwei, Mathe Vier, jedoch insgesamt eine Drei, ihre Einzige. Aber in Staatsbürgerkunde legte sie die beste Prüfung aller Schüler und Schülerinnen ab. Sie schloss ihr Abitur mit einem Durchschnitt von 1,67 ab.

Stolz erfüllte sie zur Zeugnisausgabe Mitte Juli, als hätte sie den Mount Everest bestiegen.

Der Singeklub gestaltete das Kulturprogramm. Juliane stand acht Wochen nach der Geburt zu diesem Ereignis wieder als Sängerin mit Gitarre auf der Bühne. Das Sololied, das sie sang, brachte besonderen Beifall.

Im Liedtext von *„Wenn ein Kind geboren ist"* heißt es: „... braucht es einen Vater, der Arbeit hat, eine kluge Mutter, Länder, wo es Frieden hat und auch Brot mit Butter. Wenn ein Kind nichts davon hat, kann's nicht menschlich werden. Dass ein Kind dies alles hat, sind wir auf der Erden ..."

Juliane hatte deine Intrigen schon fast vergessen, Marlies. War glücklich wie noch nie in ihrem Leben. Ging selbstbewusst mit erhobenem Kopf durch die Tage, weil sie den schönsten Sieg errungen hatte.

Christian war ein Spuck- und Schreikind. Er schlief wenig. Dieser Umstand brachte die junge Frau an ihre Grenzen wie ein Hürdenlauf ohne Training.

Als ihr Liebling neun Wochen alt war, schrieb sie tief bewegt an ihre Klassenkameraden, die sich während ihrer Abschlussfahrt im Spreewald aufhielten: „Heute hat mein kleiner Junge das erste Mal gelacht."

XXI

Fast zeitgleich bekam Juliane überraschend Besuch vom Jugendamt. Die Fürsorgerin kontrollierte, was das Baby betraf: „Bitte zeigen Sie mir alles - Bettchen, Flaschenkocher, Wanne, Kosmetik, Windeln, Kleidung und die Sauberkeit im Zimmer. Ihre Stiefmutter informierte uns."

Die Frau vom Jugendamt ging unverrichteter Dinge.

Du sagtest kurze Zeit später zu der jungen Mutter: „Wenn du gehen willst, ich halte dich nicht."

Der Rauswurf traf Juliane völlig unvorbereitet.

Sie packte die nötigsten Sachen von Christian und sich in eine Reisetasche, stellte die Wanne auf den Kinderwagen. Verließ das Haus eilig, als wäre sie auf der Flucht.

Ihr Vater stand oben am Treppenabsatz vor der Eingangstür und zuckte mit den Schultern. Juliane sah ihn ernst und durchdringend an, wie einen Mann, der soeben für sie seine Würde verloren hatte. Wohin jetzt? Ein Baby: Kein Zuhause, kein Geld, keine Arbeit.

Sie ging zu den Eltern von Sven in das Dorf unweit der Stadt.

Die beiden konnten in seinem Zimmer wohnen. Im Garten verbrachten sie erholsame Sommertage.

Sie kümmerte sich tagsüber und nachts um den Kleinen bis er in die Krippe kam. Er schlief jetzt durch.

Sie kam zur Ruhe wie eine Reisende nach einer langen Irrfahrt.

XXII

Was sollte Juliane nun studieren? Julianes Vater sagte zu ihr: „Du kannst Soziologie studieren." Das Wort hatte deine Tochter vorher noch nie gehört. Sie fragte deshalb: „Was soll ich denn da in die Bewerbung schreiben?"

Juliane wurde zum Gespräch in die Universität eingeladen. Drei Wochen später kam die Zusage. Um das eine Jahr Wartezeit zu überbrücken, ging die junge Frau in die Bibliothek, wo sie als Praktikantin arbeiten konnte. Julianes Dienst dort begann am ersten Oktober. Sie verdiente Geld und konnte endlich für sich und das Baby sorgen.

Ungern erinnerte sich Juliane an ihre kurze Ehe mit Sven. Sie hatten geheiratet, weil sie dann eine der begehrten Neubauwohnungen erhielten. Nach zwei Jahren waren sie geschieden. Ihre Liebe zu ihm war versiegt. Sie bekam das alleinige Sorgerecht für Christian zugesprochen. Alle vier Wochen konnte Sven seinen Sohn zu sich holen.

Nachdem Ilse verstorben war, Juliane war zwanzig Jahre alt, hattest du sie vierzehn Tage gedrängt und unter Druck gesetzt. Immer wieder hacktest du auf Juliane herum wie eine schwarze Krähe: „Du musst das Erbe ausschlagen, hörst du. Was, wenn du lauter Schulden erbst?" Doch Juliane sagte mehrfach: „Das ist nicht notwendig. Indem du mich adoptiert hattest, sind alle Rechte und Pflichten auf dich übergegangen." Doch du ließest nicht locker und Juliane beugte sich wider besseres Wissen. Die Kollegin am Amtsgericht wunderte sich: „Was wollen Sie eigentlich hier? Sie sind doch adoptiert. Da brauchen Sie das nicht. Na, wer weiß, was da wirklich dahinter steckt", fügte sie leise hinzu.

XXIII

Nachdem du Zweitausendunddrei nach längerer Krebserkrankung gestorben warst, konnte Juliane kaum glauben, dass zweiundvierzig Menschen zu deiner Beerdigung kamen. Dabei viele Bekannte aus deinem ehemaligen Dorf. Alle spendeten für das Dach der Marktkirche in der Bezirksstadt, deren Gemeinde du angehörtest. Die Pfarrerin hielt die Trauerrede.

Du hattest Juliane fast vollständig enterbt. Das erfuhr sie aus deinen Vorbereitungen für die Beerdigung. Niemals im Leben hätte die junge Frau gedacht, dass du evangelischen Glaubens warst. Schämst du dich nicht noch im Himmel dafür?

Kurz vor deinem Tod ließ sie sich deine Lebensgeschichte erzählen:

„Mein Vater war kein Nazi", sagtest du mit Tränen in den Augen. „Aber er hatte bei denen als Finanzbeamter gearbeitet. Er starb Neunzehnhundertfünfundvierzig, als ich zehn Jahre alt war, im russischen Gefängnis. Da hatte ich beschlossen, nie wieder zu lieben."

Juliane fragte dich: „Was hattest du gedacht, als du Vater und mich kennen lerntest?" Du antwortetest und winktest ab: „Der Mann ist gutmütig, und mit der Kleinen werde ich schon fertig."

Juliane schluckte.

Sie fragte dich: „Soll ich dich wieder besuchen kommen?" Du schütteltest den Kopf und flüstertest kaum hörbar: „Bitte verzeih mir."

XXIV

Juliane wusste mit deinen letzten Worten zu diesem Zeitpunkt wenig anzufangen. Verzeihen: Das klingt so absolut und allgemein. So wie: ‚Bitte sei mir nicht mehr böse. Ich wollte das nicht.' Wie eine Entschuldigung für etwas, das aus Versehen passiert war.

Julianes Gedanken an dich wurden weniger wütend - je mehr sie darüber nachdachte und begriff, dass deine Macht nun endgültig endete. Sie kriegte dich langsam aus ihrem Kopf. Nannte dich in Gedanken nur „die Stief", damit du sie nicht mehr an ihrem jetzigen Leben hindertest und die Alpträume aufhörten.

Juliane schrieb mir noch aus der Erinnerung:

Dieser Brief war ein Meilenstein, um selbst Abschied von einem Lebensabschnitt zu nehmen, der bestimmt war von dauernder Angst vor dir, Marlies. Dein unberechenbares Verhalten mit anhaltender Bosheit hatte Julianes

Leben viele Jahrzehnte geprägt und vergiftet. Sie wusste oft nicht, wie sie vor dir in Deckung gehen sollte. Du hattest ihr den Vater genommen, indem du ihn gegen seine eigene Tochter manipuliertest. Du hattest ihr Leben fast zerstört.

Juliane übernahm die Kontrolle für ihr eigenes Leben. Sah die schönen Dinge, die sie umgaben. Nur das zählte am Ende. Juliane konnte auf ihre vielfältigen Begabungen und ihre Kreativität bauen. Das ließ sie sich nicht von dir nehmen!

Ihre Söhne schenkten ihr drei Enkeltöchter. Ihr zweiter Ehemann verwöhnt und liebt sie so, wie sie war und ist. Juliane spürte wieder Glücklichsein.

XXV

Mittlerweile waren die Freundinnen Christin und Juliane vierundvierzig Jahre aus der Schule raus und immer noch unzertrennlich. Oft telefonierten sie, vertrauten sich Geheimnisse an und sprachen über alles, was sie bewegte.

Christin lebte in Hessen mit ihrer Familie. Wegen der Arbeit, die sie fand, war sie mit ihrer Familie aus ihrem Heimatort hingezogen. Juliane fuhr Christin besuchen.

Marlies, endlich fand sie den Mut, ihrer Freundin von dem Missbrauch zu erzählen. Christin nahm Juliane in den Arm: „Warum hast du nicht früher was gesagt? Ich hätte dich nicht verurteilt, sondern verstanden." Juliane zuckte mit den Schultern: „Vieles braucht seine Zeit. Ich will es jetzt auch in meiner Therapie zum Thema machen. Ich weiß, wieso Frauen oft jahrzehntelang schweigen. Es tut auch nach so langer Zeit weh."

Christin schenkte Juliane einen Gutschein mit einem Guthaben von der Deutschen Bahn, ihrem Arbeitgeber: „Damit du bald wiederkommen kannst, habe ich eine kleine Unterstützung für dich." „Danke, du Liebe. Ich schreibe jetzt viel. Bald lasse ich dich Teile aus dem Manuskript lesen. Dann bin ich auf deine Meinung gespannt."

Als Juliane wieder zurück in ihrer Heimat war, hatte sie bald den Faden für Ihr Schreiben wiedergefunden.

Brief in den Himmel an Dr. Conrad Neubert, Schriftsteller

I

Juliane plagten Alpträume, als wäre ihr ein Unglück zugestoßen. Nachts wurde sie wach und erinnerte sich: An dein Gesicht mit den dunkelbraunen Augen, dein schwarzes Haar, deine schlanke, hagere Gestalt. Du warst größer als Juliane.

Conrad, wieso sah sie dich jetzt stets im Traum? Jede Nacht wachte sie auf, erschöpft, verweint. Mit den Bildern von dir, als wäre sie in einen Spielfilm geraten und würde die Hauptrolle spielen.

Du redetest mit ihr, wie du es nie im Leben getan hattest: „Julchen, ich nehme dich mit. Mach dir keine Sorgen. Ich habe genügend Geld. Ich will dich unbedingt, kann mir ein Leben nicht ohne dich vorstellen."

Nach mehr als fünfundzwanzig Jahren, in denen du nicht mehr lebst, warst du ihr nah wie noch nie.

Juliane schrieb, musste es tun, damit sie die Erinnerungen nicht übermannten. Die Tränen sollten sie nicht nach jedem Traum hindern, einen klaren Gedanken zu fassen, um ihren Alltag zu schaffen.

nachts

schlafe in wild gespitzten träumen.
erinnere alp, abkehr zu halten
von diesen mageren innereien
meiner zerschundenen seele,

die wie vom frost erstarrt
sich dem nahenden morgen felsig ergibt,
um alles aus mir heraus zu meißeln
was unbändige trauer heißt.

du kennst den verirrten weg
meines daseins:
bleib! schreie ich.
tropfnass mein rotes gesicht.

deine hand tastet meine verstaubten tränen.
jede nacht das gleiche, höre ich dich sagen.
du plünderst unseren schlaf - ich weiß -
und doch hältst du mich wiegend.

II

Die Hölle hattest du auf Erden. Zum Ende hin auf jeden Fall, Conrad. Die Krebserkrankung hatte dich umgebracht. Aber die Nägel zu deinem Sarg hast du selbst eingeschlagen, zuverlässig wie ein Specht, der staccato seinen Schnabel ins Holz hämmert.

Bist deiner eigenen literarischen Idee: „Sind wir bereit, uns der Vergangenheit und Gegenwart unbeschönigt zu stellen?", nicht gerecht geworden, wie es im Klappentext zu deinem Roman *„Aber Träume tragen doch"* heißt.

Du hättest deine Heimat nicht verlassen sollen. Im Westen hast du dein Glück, Conrad, nicht gefunden. Du konntest nicht vor dir selbst weglaufen. Du musstest dich einholen mit deiner eigenen Kündigung im Literaturbüro in Detmold, weil du, Conrad, überholt worden bist.

III

Im September Neunzehnhundertneunund-achtzig, am Einundzwanzigsten - Juliane wusste es noch, als wäre es gestern gewesen, hattest du sie noch sprachloser erlebt, als sie ohnehin schon war. Du erhieltest den „Hans-Lorbeer-Preis" für dein Gesamtwerk anlässlich der „Zweiten Tage der Gegenwartsliteratur der DDR". Juliane hatte das erst erfahren, als du vor ihr standest und die Ehrung in Empfang nahmst.

Niemand hatte ihr etwas davon gesagt. Und es waren alle: Ihr Vater, die Kolleginnen, ihre Chefin in der Zweigbibliothek und letztlich auch du. Deine Worte zu ihr: „Ich dachte, du weißt das!", spiegeln das große Dilemma in der

Kommunikation von damals wider. Jeder dachte vom anderen, er würde es ihr sagen. Hatten sie aber nicht. Alle nicht.

Das war Juliane nicht nur einmal passiert. Denn als ihr beide für einige Minuten miteinander spracht an diesem Tag, erzähltest du ihr: „Magda, meine Frau, hat einen Ausreiseantrag gestellt. Und das jetzt, im heißen, turbulenten Herbst, wo alles zu zerbrechen droht!"
Wieder fiel die junge Frau aus allen Wolken und schlug die Hände vors Gesicht. Nahm sie doch an, dass du nun völlig in Ungnade der Oberen fallen würdest. Doch es war genau das Gegenteil der Fall.
Juliane hatte in dieser kurzen Zeit nicht kombiniert und um die Ecke gedacht, um genau das zu erkennen. Du warst schon seit November Neunzehnhundertachtundachtzig von Magda geschieden. Auch das wusste Juliane zu diesem Zeitpunkt nicht. Wieder hatte das System der Nichtkommunikation funktioniert.

Juliane lehnte sich zurück. Warum war es so wichtig, dass sie all dieses wusste? Kann ihr doch egal sein. Was geht sie dieser Mann an?

Marlies war enger mit Magda befreundet, wie du weißt. Die beiden Frauen kannten sich gut. Hatten gemeinsame Bekannte. Marlies' Masche hieß: Gegen Juliane arbeiten. Da war sie kreativ.

An einem Mittwochnachmittag, an dem Juliane frei hatte, besuchte sie ihre Eltern. Christian war sechs Jahre und spielte in der Stube mit Opa und dem Kaufmannsladen.

Sie stand in der Küche, Marlies neben ihr. Urplötzlich sagte diese: „Ich verstehe nicht, wieso du dein Kind mit Verständnis erziehst. Du hast dir mit dem Kind das ganze Leben versaut!" Dabei grinste sie Juliane süffisant an.

Juliane sah diese Frau, die ihr fremd und abstoßend vorkam wie ein Stein, der aschgrau im kalten Flussbett lag, entsetzt an. Die Bösartigkeit hatte wieder keine Zeugen.

IV

Zeitsprung zurück ins Jahr Neunzehnhundert-
sechsundachtzig. Du, Conrad, hattest Julianes
Vater im Juni gefragt: „Was meinst du, Roman,
ob sich Juliane freuen würde, wenn ich sie
besuche?" Ihr Vater hatte geantwortet: „Ja, auf
jeden Fall. Sie mag deine Bücher. Nimm ihr eins
mit. Das lenkt sie vom Alltag etwas ab. Ihre
Scheidung ist kompliziert und momentan noch
vieles in der Schwebe. Ihr Ex-Mann beansprucht
das Sorgerecht für Christian für sich. Juliane ist
verzweifelt."

Als es klingelte, du vor der Tür standest, platzte
es aus Juliane heraus wie aus einem sprudelnden
Brunnen: „Was wollen Sie denn hier?!"

„Ach, Vater, wärest du mal selbst
gekommen‘, dachte Juliane. Da hätte sie sich
wirklich gefreut.

V

Conrad, an diesem heißen Sommertag ludest du Juliane zu dir ein: „Komm einen Nachmittag zu mir. Wir können reden, was essen, gehen eine Runde spazieren und du vergisst das Drama hier mal für eine kurze Zeit."

Juliane dachte sich nichts Ungewöhnliches dabei. Du und sie, ihr kanntet euch lange. Sie war vierzehn Jahre alt, als sie dir zuhause das erste Mal auf der Gitarre vorspielte.

Ihr verbrachtet einen zauberhaften Abend miteinander. Du hattest ihr aus deinen Manuskripten vorgelesen, ihr geografische Karten gezeigt, sie nach ihrer Meinung zu deinem Geschriebenen gefragt. Euer gemeinsames Essen und das Reden über Politik in Ost und West, Literatur und *„Gott und die Welt"* öffneten Juliane für dich. Sie fühlte sich ernst genommen und vertraute dir.

Als sie am offenen Fenster stand und sinnend in den warmen Nachthimmel schaute, der sie sanft wie eine schwarze Samthülle umgab, standest du hinter ihr. Sie drehte sich zu dir um und du hattest sie geküsst. In dem Moment war der jungen Frau klar - sie hatte sich verliebt. Gegangen ist sie früh am Morgen.

Dass aus dieser Begegnung von ihrer Seite her eine tiefe, große Liebe entstehen sollte, wusste sie zu diesem Zeitpunkt noch nicht. Eine Liebe, die sie nicht leben konnte. Du warst mit Magda verheiratet, euer Sohn knapp fünf Jahre alt.

Juliane wusste vorher nicht, wie der Abend endete. Sie ist in deine Falle getappt. Du hattest es darauf angelegt. Das war die perfekte Verführung. Unerfahren wie sie mit ihren zweiundzwanzig Jahren war - du hast es für dich und deine neunundvierzig Lebensjahre ausgenutzt.

Diese Erkenntnis kam ihr einige Tage später. Du gingst zu Marlies und Roman und hattest geplaudert: „Juliane war bei mir. Sie blieb über Nacht. Ich stehe zu ihr, wenn sie mich will. Ich würde wieder nur mit einer Aktentasche gehen.

Unsere Ehe," und dabei sahst du nach unten, legtest den Kopf schief und zogst tief an deiner Zigarette, wie es deine Art war, „läuft nicht so gut, wie es den Anschein hat. Juliane ist bald geschieden. Uns steht nicht viel im Weg."

Weißt du, Conrad, Roman kam es kurz so vor, als würde er auf einer Pferdeauktion sein Kind verschachern. Er sprach mit dir über seine Tochter wie ein Objekt. Deshalb sagte er: „Das muss Juliane selbst wissen. Weiß sie, dass du jetzt hier bist?" „Nein, ich wollte das zuerst mit euch klären." Roman sagte erschrocken: „Das wird ihr nicht gefallen. Besser, sie wäre mit dabei."

Marlies mischte sich ein und gestikulierte abwertend mit einer Hand: „Juliane ist leicht zu kriegen. Es ist allein ihre Schuld. Sie hätte auch ‚Nein' sagen können. Ich sehe das so; sie spielt nur mit dir, Conrad. Du bist immerhin ein verheirateter Mann. Das gehört sich einfach nicht."

Marlies verschränkte die Arme vor der Brust und lehnte sich weit nach hinten. Dabei zog sie ihren schwarzen Rock gerade und zupfte an ihrer weißen Bluse nervös die Knöpfe zurecht.

„Weißt du, Conrad, was sie fertig gebracht hatte? Als Teenager schrieb sie einen Brief über unsere Missetaten, die wir mit ihr veranstalteten, an die Jugendzeitschrift ‚*Neues Leben*‘. Das alles, ohne uns etwas zu sagen!" Marlies stand auf und ging ins Arbeitszimmer. „Hier, ich habe das Machwerk aufgehoben. Ihr würde Verständnis fehlen. Wozu braucht so eine Göre Verständnis!? Meiner Meinung nach ist Juliane arglistig, hinterlistig und bösartig. Der Brief beweist es doch!"

Conrad, du sahst Marlies ungläubig an und schütteltest den Kopf: „Ich habe sie anders erlebt. Gibst du mir den Brief?"

„Ja, sie ist eine perfekte Schauspielerin. Ich sehe zu, dass Juliane dich in Ruhe lässt. Überlasst beide alles mir."

Ein Gentleman warst du nicht. Denn der *genießt und schweigt*, sagt man. Juliane fühlte sich verraten. Sie hätte nichts gesagt. Hätte es getragen.

Marlies deutete an, dass es Gerede gab. Sie ließ Juliane im Unklaren, von wem und was. Das sollte Juliane einschüchtern und verfehlte nicht seine Wirkung. Wolltest du, Conrad, ihr zuvorkommen? Und deine Position retten? Du hast damit ihr Vertrauen in dich zerstört. Das war dein größter Fehler!

Juliane schickte dir anonym einen Text von ihr:

„Als die Sterne über der Marktkirche parallel lagen, sah man gern nach oben. Nun, da sie ihre Bahn scheinbar verändert haben, finden wir ihren Standort nicht mehr."

Mit dir und Juliane war es wie mit den Büchern. Jedes hat seinen eigenen Standort in einer Bibliothek. Wird es falsch eingestellt, findet man es im ungünstigsten Fall überhaupt nicht wieder. ‚Würden sie sich jemals so wiederfinden wie an ihrem ersten Abend?'

VI

Du, Conrad, hattest durch die Buchhandlung engsten Kontakt zu Julianes Vater. Er betreute deine Buchpremieren, verkaufte an viele Betriebe deine Bücher, organisierte Lesungen für dich und brachte dich mit deinen Lesern und Leserinnen in persönlichen Kontakt. Nach Dienstschluss hattet ihr oft zusammen gesessen, um zu trinken und zu reden.

Conrad, du bekamst eine Lesereise in die BRD genehmigt. Du hattest Wilhelm Willer bei einem Familienbesuch kennengelernt. Dieser sprach die Einladung aus. Conrad, du wohntest für die Dauer deines Aufenthaltes vier Tage mit im Haus von Julianes Onkel und Tante. Du hattest Lesungen im Bürgerhaus und im Gymnasium des kleinen Städtchens. Nach deiner Rückkehr berichtetest du bei Julianes Eltern von der Reise. Dabei wolltest du wissen: „Marlies und Roman, könntet ihr euch vorstellen, dort auch einmal hinzufahren?" Marlies und Roman lehnten ab:

„Das lässt sich mit unserer Haltung nicht vereinbaren.“

VII

Conrad, das weißt du alles gar nicht.

Juliane weinte. Sie holte tief Luft und schluchzte dann doch, holte sich ein Taschentuch. Wischte das Nass ab. Jetzt einen starken Kaffee! Und eine Zigarette. Draußen war es bereits dunkel geworden. Der September war ihr Lieblingsmonat. Nicht mehr so heißer Sommer, noch nicht nasskalter Herbst.

Erneut hing sie im Tag zur Preisverleihung fest. Nein, keine Gedanken mehr. Es ist Vergangenheit. Erinnerung gib endlich Ruhe! Juliane rief sich die Bilder auf. Sie schloss ihre Augen. Noch schlimmer. Juliane quälte sich. Gedankenfetzen. Jede Sekunde dieses Tages konnte sie rekonstruieren. Noch nie, und auch später nie wieder, ging es ihr so. Aber das war dir egal. Würdest du das überhaupt lesen wollen, wenn du es noch könntest?

VIII

Die ganze Weltordnung hatte sich durch den Fall der Mauer am neunten November Neunzehnhundertneunundachtzig komplett verändert. Aufbruchsstimmung auch in ihr. Mit ihrem Sohn nahm Juliane seit Oktober an den Montagsdemonstrationen auf dem Markt teil. Sie drängten sich durch die Menschenmassen. Viele trugen Plakate. Auf denen stand: „Freiheit für die politischen Gefangenen!" Lag ein dritter Weg für die DDR noch im Bereich des Möglichen?

Im November wurden die Bibliothekarinnen mehr und mehr zu Gesprächspartnerinnen, weit über ihre ursprünglichen Arbeitsaufgaben hinaus. Im Dezember hatten ihre Illusionen bereits gelitten.

Sie war mit Christian Anfang Dezember in einem übervollen Zug nach Westberlin gefahren, um vom Begrüßungsgeld Spielzeug und Obst zu kaufen.

„Mama, diese Raumfähre dort möchte ich unbedingt haben!", rief ihr Junge im großen Spielzeugladen. Eigentlich war das Spielzeug zu teuer. Doch Juliane hatte am Bahnhof bei ihrer Ankunft einen Dreißig-DM-Gutschein von einer Frau der Bahnhofsmission für dieses Geschäft bekommen.

Immer mehr Menschen gingen weg. Julianes ganzes Leben spielte sich in ihrem kleinen Umfeld ab. Aber es war ihre kleine Freiheit. Die gab sie nicht her, für kein Gut und Geld der Welt nicht.

Auch im Dezember kamst du Juliane besuchen. Du hattest dich schick gemacht und eine Flasche Rotwein mitgebracht. Ihr hattet euch im Wohnzimmer gegenüber gesessen.

Du schlugst ihr vor: „Ich möchte dich mit nach Mecklenburg nehmen. Ich habe zehntausend Mark und dort ein Haus. Ich meine, als meine Partnerin, nicht als Hausfrau." Juliane entgegnete: „Ich liebe dich, aber ich denke, das weißt du."

Deine tiefbraunen Augen funkelten sie an: Du nicktest. Gesagt hattest du nichts. Was war ihre Erwartung? Dass du endlich sagtest: „Ich liebe dich auch." Das ist doch die Grundlage jeden gemeinsamen Lebens! Nicht nur eine On-off-Beziehung. Sondern gegenseitige Liebe.

Früh gegen sechs Uhr knalltest du die Eingangstür zu. Juliane wurde wach, sie lief nicht hinterher. Zum letzten Mal erlebte sie deine Hilflosigkeit, Conrad.

IX

Die ersten Jahre im neuen System brachten für Juliane tiefgreifende Veränderungen. Das allgemeine Wesen der Dialektik wirkte. Eins zieht das andere nach sich. Was im Großen für eine radikale Umwälzung des gesamten gesellschaftlichen Lebens beigetragen hatte, kam nun auch ganz nah bei ihr selbst an.

Ihr Vater war verstorben. Sie begriff es nicht, funktionierte nur. Juliane ging wie eine Maschine arbeiten bis zu dem Tag, an dem sie sich nicht mehr selbst helfen konnte.

Erster Juni. Juliane riss, wie jeden Tag, ein Blatt vom Kalender ab. Da stand dein Name, Conrad. Du hattest Namenstag. Schock. Blackout. Juliane traf es mitten ins Herz. Gänsehaut. Zittern am ganzen Körper.

Dein Name! Urplötzlich überrollte Juliane alles, was sie jemals mit dir erlebt hatte: Begegnungen mit dir, die Gespräche, euer Schweigen und die Verbindungen mit Marlies, Magda und Roman schossen hoch wie ein Vulkan, der brodelnd seine kochendheiße Lava ausspuckte.

Juliane war an deinem Namenstag durchgedreht. Denk doch mal! Du warst der Auslöser dafür! Das erste Mal, dass Juliane ernsthaft krank wurde.

Sie rannte von einem Zimmer ins andere wie eine Getriebene, hinter der der Teufel her war.

Früh nahm sie sich ein Taxi, fuhr damit den ganzen Tag durch ihre Heimatstadt. Am Abend legte sie vor deiner ehemaligen Wohnung Blumen vor die Eingangstür.

Alles surreal, ver-rückt. Tatsächlich: Juliane war ver-rückt geworden. Ein ungeheuerliches und schreckliches Erlebnis.

Ein Freund aus Studientagen kam zufällig am nächsten Tag vorbei und sagte: „Du kommst jetzt sofort mit zur Amtsärztin. Du bist ja vollkommen neben der Spur!" Er duldete keinen Widerspruch, Juliane fügte sich. Sie wurde ins AWO-Psychiatriezentrum als Notfall eingewiesen.

Juliane bekam schwere, hochdosierte Psychopharmaka, auch Haldol, und verschlief fast den ganzen Tag. Sie lebte wie in Trance, schwach und krank. Nur mühsam kam sie früh hoch, um an den Therapien teilzunehmen. Sie erholte sich kaum. Musik und Sport brachten ihr einen kleinen Lichtschimmer in ihrer geistigen Umnachtung.

In der Ergotherapie gestaltete sie Bilder, töpferte und schrieb Gedichte, kranke Gedichte. Diese stellte sie in einer Minilesung ihren Mitpatienten und Mitpatientinnen vor. Behauptete gegenüber Ärzten: „Mein Vater lebt noch." Immer noch ver-rückt.

X

In diese Zeit fiel die Veröffentlichung der anonymen Stasi-Listen von Halle.

Sie saß während eines Ausgangs auf einer Bank am Markt, hielt die „*Bild*" in der Hand und heulte Sturzbäche.

Du warst „*IM ‚Günter', Schriftsteller, Hauptabteilung XX, Kultur, Kontaktperson für Bürger mit operativer Personenkontrolle, genau: Erm., Pers. Aufkl., z. T. Beob., Verbdg. zu OPK-Pers.*", las sie dort. Juliane war angeschlagen wie ein Boxer im Ring, der wie in Zeitlupe taumelnd zu Boden ging und kaum wieder aufstehen konnte. „Operative Personenkontrolle", hämmerte es in ihrem Kopf. Sie wusste, was dies bedeutet hatte.

Ihre immerwährende Ahnung fand Gewissheit. Du hattest dreimal versucht, sie zu werben. Dreimal hatte sie dich durchschaut wie ein Glas Wasser.

Dafür musste sie in dein Denksystem einbrechen, um dir immer einen Gedankenschritt voraus zu sein. So hoffte Juliane, sich selbst und ihr kleines Kind beschützen zu können. Problematisch war es, wenn du unangekündigt vor Julianes Tür standest. Dann war sie nicht vorbereitet. Fatal. Jedoch brachte das alles zusätzlichen emotionalen und Gedankenstress.

Juliane hatte dir, Conrad, ihre *„Parteischulen-Abschlusszeitung"* gezeigt. Es war strengstens untersagt, damals so etwas anzufertigen. Sie jedoch fand die ganze Sache total lustig, und sie und ihre Mitstudenten und Mitstudentinnen setzten sich über das Verbot hinweg. Jeder bekam heimlich sein Exemplar.

Du jedoch lachtest überhaupt nicht. Sahst Juliane verächtlich an und meintest: „Das ist ja parteischädigend!" Offenbar hattest du keinen Humor, verstandest keinen Spaß, wenn es um die Partei ging. Wurde das Juliane zum Verhängnis?

Einmal hattet ihr euch an einem Samstag getroffen. Ihr gingt in der Heide spazieren. Abends hattest du ihr wieder aus deinem aktuellen Manuskript vorgelesen. Juliane genoss diese kurze unbeschwerte Zeit.

Am nächsten Morgen wollte Juliane gerade den Frühstückstisch abräumen und hatte dir den Rücken zugedreht. Da schlugst du unvermittelt mit der Faust auf den Tisch und riefst laut aus, als wäre die junge Frau schwerhörig: „Ich will dich haben!!"
Juliane fiel fast das Tablett aus der Hand. Dann schaute sie bitterernst, böse und vernichtend in deine Richtung, über die Schulter hinweg. Nonverbale Kommunikation. Kurze Zeit später hattest du leise zu dir selbst geredet: „Mist, die hat mich wieder durchschaut." Juliane fand diese Anmache plump, unangemessen und zweideutig.

Du, ein „*Romeo*", lebtest ein Doppelleben! „Bist wirklich ein armes Schwein. Ich trinke wegen dir", hattest du zu ihr gesagt. Conrad, arm war sie - ja, aber nicht dumm. Anders konntest du dich nicht zusammenfügen.

Juliane befand sich in einer schlimmen Verfassung.

Mit wem konnte sie darüber reden? Wer würde Juliane verstehen?

Christin. Sie hatte dich, Conrad, kennen gelernt, als sie im Gerichtssaal während des Scheidungsprozesses für Juliane als Zeugin ausgesagt hatte.

Doch jetzt fasste sich Juliane, Conrad. Verheult ging sie zu Marlies. Hatte sie etwas gewusst? Sie klingelte: „Lass mich rein. Ich muss mit dir reden!" Auf dem Esszimmertisch lag die „*Bild-Zeitung*".

„Dein Vater steht nicht drin", meinte Marlies sichtlich erleichtert. „Er war *IM Buch*", fügte sie nach einer kurzen Pause hinzu. „Roman hatte damals in den fünfziger Jahren Schriften aus

China und wurde damit erpresst: ‚Entweder gehen Sie ins Gefängnis, oder Sie unterschreiben!' Roman hatte mir kurz vor der Eheschließung davon erzählt."

„Und du?", wollte Juliane wissen. Marlies setzte sich auf einen Stuhl, holte tief Luft: „Ich hatte unterschrieben, dass meine Berichte, die ich als Fachberaterin für Englisch geschrieben hatte, für die Staatssicherheit verwendet werden dürfen. Einen Decknamen hatte ich nicht", sagte sie kurz angebunden.

Juliane wendete sich angewidert von dieser Frau ab. Sah sie an, als hätte sich gerade eine Giftschlange gehäutet. Denn diese unterstellte ihr drängend und fordernd: „Sag, was ist mit dir? Du warst doch sicher auch dabei." Dann machte sie eine kleine Pause und fügte, neugierig den Kopf nach vorn schiebend, hinzu: „Welchen Decknamen hattest du?"

Juliane brachte nur mühsam, wütend, laut und weinerlich hervor: „Nein, großer Irrtum!! Ich war und bin nur mir selbst verpflichtet. Ich war einfach nur immer ich."

Julianes Therapeutin im Krankenhaus versuchte, ihr Mut zu machen: „Sie schreiben doch. Schreiben Sie Tagebuch, so finden Ihre Erinnerungen eine Ablage."

Doch Juliane ließ sich kaum beruhigen. Immer wieder redete sie wirr durcheinander. Ihr fiel auf einmal alles Verdrängte wieder ein: Der Überfall, der Missbrauch, die verschwundenen Bücher, die Eintragung ins Klassenbuch in der achten Klasse. Ihre Rede zur Jugendweihe und der Arzt in der Zentralpoliklinik, dazu das nicht erteilte logopädische Gutachten und die Stehlampe.

Juliane brach auf Station zusammen, sodass die Ärztin ihr ein starkes Beruhigungsmittel spritzen musste.

XI

Conrad, nach der dortigen Entlassung fand Juliane nur schwer und langsam in ihren Alltag zurück. Eine quälende *„Schreibmanie"* hatte von ihr Besitz ergriffen. Sie vergaß zu essen, zu trinken, fand kaum Schlaf und schrieb und schrieb und nahm zwölf Kilo ab. Sieben Wochen lang verfasste sie Seite um Seite, brachte alles aufs Papier, was ihr in den vergangenen Jahren mit Dir, Conrad, mit Marlies, Magda und Roman geschehen war, durcheinander, unsortiert. Sechs A4-Hefte schrieb Juliane voll.

Es ging ihr so viel durch den Kopf. Sie hatte geschrieben. Einfach nur geschrieben. Und geträumt in ihren Zeilen. In fünfzehn Jahren würde sie eine erfolgreiche Autorin sein, Mitglied im Schriftstellerverband. Ihren Kindheitstraum verwirklicht sehen.

Oft hattest du Juliane ungeduldig gefragt, was sie denn nun studieren wolle.
Das hatte sie dir nie gesagt: Sie wollte am Literaturinstitut studieren, um sich zur Schriftstellerin ausbilden zu lassen. Sie hatte damals Angst, dass ihr dieser letzte Traum von dir zerstört wird. Denn es war deine Idee, dass

Juliane Soziologie studieren sollte. Roman hatte sich einmal verplaudert. Da wusste Juliane, dass sie an der Fakultät nicht auf Dauer bleiben konnte. Sie hatte Bedenken, dass irgendwann eine Bedingung zur IM-Verpflichtung auf sie zukam, der sie nicht zustimmen konnte und wollte. Es gab damals alle zwei Jahre nur zwanzig Studienplätze.

Mittlerweile war es Oktober geworden. Draußen dämmerte es bereits. Die Tage wurden kürzer.

Aus dem hintersten Schrank holte die Siebenundzwanzigjährige deine Bücher hervor, las die Widmungen. Mal stand dort: „Für Jule", ein anderes Mal: „Für Juliane". Juliane zweifelte, wer sie eigentlich war.

Ihre Beziehung zu Diethelm hatte einen großen Bruch erfahren. Niemand hatte ihn über Julianes Krankheit in der Klinik aufgeklärt. Sie sorgte für ihre Kinder allein, ging voll arbeiten, managte die Finanzen und die Einkäufe.

XII

Neunzehnhundertsiebenundneunzig bist du, Conrad, gestorben. Magda hatte eine Anzeige in die *„Mitteldeutsche Zeitung"* setzen lassen.

Sechzehn Jahre später fand Juliane durch eine Internetrecherche Jürgen M., deinen früheren Freund aus dem westdeutschen Spenge. Es gab dreimal seinen Namen in Deutschland. Einer war der Richtige, der Conrad gekannt haben musste. Aber welcher?
Zaghaft näherte sich Juliane am Telefon dem heiklen Thema: „Sind Sie zufällig derjenige Jürgen M., der den Schriftsteller Dr. Conrad Neubert aus der ehemaligen DDR gekannt hatte?" Als ein: „Ja, der bin ich. Wer sind Sie denn?" am anderen Ende der Leitung erstaunt ertönte, atmete Juliane erleichtert und aufgeregt auf. Sie hatte Jürgen gefunden.

„Ich bin die ehemalige Freundin von Conrad. Wussten Sie, dass er eine Freundin hatte?" „Nein, das war doch eher unwahrscheinlich. Conrad Neubert war zum Ende der DDR zeitweise stellvertretender Vorsitzender des Schriftstellerverbandes im Bezirk. Diese Position hätte er kaum bekommen, wenn er zweigleisig gefahren wäre", meinte der Mann. Juliane blieb hartnäckig: „Ein Gleis hieß bei Conrad Staatssicherheit."

„Ich merke schon, wir haben noch viel zu besprechen", sagte Jürgen. „Ich muss jetzt noch einen Weg erledigen. Wir bleiben in Kontakt. Geben Sie mir bitte Ihre Telefonnummer!" Er schien sich zu freuen, über dich reden zu können. Das zweite Gespräch dauerte zwei Stunden.

Weiterhin hatte er alle Briefe von dir aufgehoben. Er konnte deine Schrift lesen. Deshalb tippte er sie ab und mailte diese an Juliane. Sie füllten einen großen, prallen Ordner.

Genauestens und akribisch wie in einem Tagebuch, hattest du in den Briefen dein tägliches Leben aufgeschrieben. Diese, so erkannte Juliane, waren Zeitdokumente. Erst jetzt lernte sie dich wirklich kennen, dein echtes Leben, Conrad!

Nachdem sie das alles gelesen hatte, legte Juliane den Stift beiseite und dachte: ‚Dieses Leben hätte ich gern mit dir geteilt.‘ In ihren Träumen gab es das Dasein, das ihr hättet führen können, du Conrad und Juliane. Sie wurde sie nicht los. Es waren nur Träume. Sie taten ihr nicht mehr weh.

Verzeihen können nur die Opfer. Nur dort, wo reine Liebe war, konnte Juliane auch Vergebung zeigen und erfahren.
Juliane fühlte sich erleichtert, als wäre sie auf einen Berg gestiegen und schaute nun ins weite Land. Es war ihr Lebensland.

Briefe in den Himmel -
Ein paar Sätze zum Schluss

Eine Frau, Juliane, 58, schreibt sich die Last der vergangenen Jahre und Tage von den Schultern. Das ist keine Seltenheit. Schreiben hat längst einen festen Platz in der Liste der psychischen Heilmittel.

Der Himmel als Briefempfänger ist sicher nicht ernst zu nehmen. Weil u. a. himmlische Adressen und Briefkästen ausgesprochene Mangelware sind. Annegret Winkel-Schmelz' Texte sind in den letzten Jahren entstanden. Sie schreibt und beschreibt längst nicht mehr nur psychologische Heilkräfte, sondern zum Beispiel auch druckreife Gedichte. Sie kann sich deshalb berechtigt Schriftstellerin nennen.

Im vorliegenden Büchlein klagt Juliane an. Auch wenn diese das wahrscheinlich bestreiten würde. Eine alkoholabhängige Mutter. Ein Vater ohne Zeit für die Tochter, eine Stiefmutter, zeitweise so böse wie Stiefmütter bei den Brüdern Grimm, ein Schriftstcllcr mit großen Reden, aber ohne wirkliche Liebe.

Und trotzdem heute ein normales, glückliches Leben - AWS.

Dr. Kurt Wünsch

Annegret Winkel-Schmelz

- 1964 in Merseburg geboren
- seit 1974 Leben in Halle (Saale)
- Abitur
- zwei Kinder, drei Enkelkinder
- von 1986 bis 1988 berufsbegleitende Facharbeiterausbildung zur Assistentin an öffentlichen Bibliotheken
- Arbeit im Beruf bis 1999
- seit 2000 Erwerbsunfähigkeitsrentnerin
- von 1996 bis 2002 Teilnahme im Schreibkreis bei Dr. Christina Seidel
- zwischen 2004 und 2009 Weiterbildung zur persönlichkeitsbildenden Kursleiterin für literarische Werkstätten (DGPB) am Fritz-Perls-Institut
- 2004 bis 2012 Gründung und Leitung der Selbsthilfeinitiative Schreibgruppe REGENBOGEN Halle (Saale) für psychisch erkrankte Menschen

- 2008 Literaturpreis der Fortbildungsakademie der Wirtschaft (FAW gGmbH)
- Mitglied im Verband deutscher Schriftsteller und Schriftstellerinnen Sachsen-Anhalt, im Pelikan e. V. und im bipolaris e. V. Berlin-Brandenburg
- Mitglied in der Burger Autorenrunde, in der Magdeburger Pelikan-Schreibrunde und der Pelikan-Schreibrunde Halle (Saale)

Ich will schreibend neugierig bleiben auf Menschen und ihre Lebensentwürfe. Möchte mein Leben in Bezug setzen mit den Ereignissen, die mich umgeben, die mich stärken oder schwächen und Literatur als Kunstform und Lebensäußerung begreifen. Sie ist mein Ausdrucksmittel.

Bibliografie

- Publikationen mit Schreibgruppe (Bücher, Kalender, Hörbuch)
- Veröffentlichungen seit 1997 in Zeitungen und Zeitschriften
- 2009: klinke in der hand, Schenk Verlag, Halle
- 2011: Tür aus den Angeln (Hrsg.), dokupoint Verlag, Barleben
- 2012: Angekommen im Nirgendwo, dorise-Verlag, Erfurt
- 2014: Aufbruch ins Diesseits, dorise-Verlag, Erfurt
- 2016: nacht falten, Lyrik, dorise-Verlag, Erfurt
- 2019: Das Märchen-Bärchen geht auf Wanderschaft, Stockwärter Verlag, Halle
- 2020: 25 Jahre Fontane-Klinik (Hrsg.), Festschrift, dorise-Verlag, Erfurt
- 2021: magische zeit mit dir, Lyrik Zeichnungen: Torsten Schmelz, dorise-Verlag, Erfurt

Text 1

innen und außen, S. 9 schon veröffentlicht in
Das besondere Foto: Band 2, Anthologie, dorise-
Verlag

Text 2

Erinnerungen, S. 20, schon veröffentlicht in
Annegret Winkel-Schmelz: Aufbruch ins
Diesseits, dorise-Verlag

Text 3

am grab, S. 93, schon veröffentlicht in
Annegret Winkel-Schmelz: Angekommen im
Nirgendwo, dorise-Verlag

Inhaltsverzeichnis